일본고전문학의 흐름

김 종 덕 저

제이앤씨
Publishing Company

그림 (『図説日本の古典 源氏物語』, 集英社, 1988)

 문학이란 언어를 매개로 하는 예술의 한 영역인데 미적표현을 목적으로 창작된 산문, 시가, 극문학 등이 있다. 일반적으로 문학의 발생은 인간이 자연에 대한 공경과 두려움에서 비롯된 제천의례, 수렵이나 힘든 노동을 영위하기 위한 노동요, 그리고 남녀의 사랑을 증답하는 연가 등에서 찾을 수 있다. 특히 일본문학이라 함은 일본인이 일본의 문화풍토를 그린 문학작품을 일컫고, 이러한 문학작품이나 작가를 연구하는 학문을 일본문학이라 한다.

 일본문학은 문자가 없었던 오랜 구비문학의 시대를 거쳐 한반도에서 전래된 한자를 이용하여 만요 가나와 가나 문자를 발명하면서 기록문학의 시대가 된다. 5세기경 백제로부터 한자가 전해진 이후, 일본에서는 신라의 향가나 베트남의 츠놈와 같이 한자의 음훈을 이용한 만요가나를 발명했다. 상대의 일본 사람들은 만요가나를 이용하여 『만요슈』 등을 편찬했지만, 헤이안 시대의 여성들에게는 너무나 난해한 표기법이었다. 이에 10세기 초 여류작가들은 만요가나를 초서화해서 가나 문자를 창안하여 와카나 일기, 수필, 모노가타리 등을 기술했다. 따라서 일본의 고전문학은 한문으로 기술된 문헌도 있지만 고유문자인 가나로 기술된 다양한 장르의 작품이 남아 있다.

 이 책에서는 일본의 고전문학을 이해하고자 하는 사람을 위해 각 시대별로 대표작가와 작품에 대한 설명을 하고 미의식과 문예이념 등을 정리하여 이해를 돕고자 했다. 일본문학의 시대구분은 연구자에 따라 분류방법에 차이가 있으나, 여기서는 가장 일반적인 정치·문화사적 구분에 따라, 상대(~794), 중고(794~1192), 중세(1192~1603), 근세(1603~1868)로 분류했다. 그리고 각 시대에 나타난 작가, 작품을 운문, 산문, 극문학 등의 장르별로 나누어 살펴보고 해설했다. 또한 일본문학을 이해함에 있어 최소한으로 알아두어야 할 작품의 서두나 유명한 대목을 골라 본문을 제시하고 한국어역을 시도했다. 그리고 주요 사항은 도표나 사진 등으로 소개하고, 권말에는 고전문학 전체의 연표를 시대별로 정리해 두었다.

 일본고전문학의 흐름을 기술한 책은 일본에서의 원서를 비롯하여 국내에도 여러 종류가 출간되어 있다. 그러나 외국인으로서 가장 대표적인 일본의 고전작품을 감상하면서 이해할 수 있는 텍스트가 필요하다는 생각을 했다. 이 책에서는 수많은 일본의 고전작품 중에서 정해진 시간 안에 어떤 작자 작품의 어떤 대목을 읽는 것이 일본고전문학의 최대공약수를 이해할 수 있을까를 생각하며 편집했다. 이 책에서 소개하고 있는 작품의 서두나 어떤 대목을 접한 후, 작품의 본문을 확인하고 싶다는 생각이 들면 참고문헌에서 소개하고 있는 원문을 찾아보면 될 것이다.

이 책에서 인용한 작품의 원문이나 인명, 지명 등의 고유명사 표기는 다음과 같은 원칙으로 기술하였다.

1. 원문은 기본적으로 「新編日本古典文学全集」(小学館)을 인용하고, 기타 「新日本古典文学大系」(岩波書店), 「日本古典文学全集」(小学館)과 「日本古典文学大系」(岩波書店), 「新潮日本古典集成」(新潮社), 「日本思想大系」(岩波書店) 등을 참조하였다.
2. 일본어의 고유명사 표기는 교육과학기술부 한글 맞춤법의 외래어 표기법에 따른다.
3. 원문의 번역은 상기 주석서 등을 참고하여 필자가 시도한 것이다. 일본어의 인명과 지명, 작품명 등은 처음 나올 때 한글과 병기하고 이후 한글로 표기한다.
4. 일본어의 고유명사를 익히기 위해 일본어 발음대로 읽어 표기하되, 우리나라에서도 쓰이는 관직명이나 보통명사 등은 그대로 기술했다. (예 ; 도쿄東京, 『다케토리 모노가타리竹取物語』, 『도사 일기土佐日記』, 좌대신左大臣)
5. 시대나 인물의 생몰연대는 '헤이안 시대(794~1192)', '스가와라노 미치자네菅原道真(845~903)'와 같이 표기한다.
6. 저서는 『 』, 논문명은 「 」, 인용문은 ' '로 표기한다.
7. 기타 사항은 일반적인 저서, 논문 작성의 관례에 따른다.

일본의 고전문학에는 일본인의 다양한 전통문화와 미의식이 녹아있어 일본을 이해하기 위해서는 반드시 고전문학을 읽고 감상할 필요가 있다고 생각한다. 이 책이 일본문화와 일본고전문학의 세계로 여러분을 인도하는 길잡이 역할을 하고 일본을 이해하는데 도움이 되었으면 한다. 그리고 일본의 고전문학에 나타난 문예이념이나 미의식을 통해 오늘날을 살아가는 우리들의 인생관과 세계관 확립에 조금이나마 양식이 되기를 간절히 기대한다. 끝으로 이 책의 출판을 승낙해 준 제이앤씨 출판사 윤석현 사장님과 편집부 여러분께 감사의 말씀을 드린다.

2013년 8월 이문동 연구실에서
필자

제1장

상대문학

다카마쓰쓰카 고분벽화(『芸術新潮』, 新潮社, 1984)

제1장
상대문학

1. 상대문학의 개관

　일본의 상대上代 문학은 발생기부터 794년 지금의 교토京都인 헤이안쿄平安京로 천도하기 이전의 문학을 지칭한다. 오랜 기간 동안 입에서 입으로 전승되어 온 구비문학은 5세기경 백제로부터 문자가 전래되면서 기록문학으로 이행되었다. 특히 정치와 문화의 중심이 야마토大和의 후지와라쿄藤原京(지금의 가시와라橿原)와 헤이조쿄平城京(나라奈良) 등에 있었던 시기로 고대문학 또는 고대전기문학이라고도 한다.

쇼토쿠타이시(『日本美術名宝展』, 東京国立博物館, 1986)

　문자전래 이전의 일본에서는 오랜 기간 동안 구두전승의 문학이 지속되었다. 그러나 4세기경 백제의 아직기阿直岐가 추천한 왕인王仁박사에 의해 『논어』와 『천자문』 등의 한자가 전래되면서 기록문학이 늘어난다. 특히 스이코推古 천황대의 쇼토쿠태자聖徳太子(574~622)는 섭정을 하면서, 603년에 관위 12계를 정하고, 604년에는 헌법 17조[1]를 제정했으며, 607년에는 오노노 이모코小野妹子를 견수사遣隋使로 파견하여 대륙문화를 적극적으로 수입하여 중앙집권국가 건설을 지향하였다. 쇼토쿠태자가 창건한 아스카飛鳥의 호류지法隆寺를 중심으로 번창한 불교문화를 아스카 문화라 한다.

7세기 중엽에는 다이카大化(645) 개신으로 한 때 도읍을 오미近江로 옮긴 적도 있었으나, 임신壬申(672)의 난을 거쳐 지토持統 천황 때인 694년에는 당나라의 장안을 모방한 후지와라쿄를 건설한다. 후지와라쿄에 도읍을 둔 672년부터 710년까지 주로 당나라 초기의 영향을 받은 불교 건축과 미술 등을 하쿠호白鳳 문화라고 한다. 이 문화 또한 신라에 의해 멸망한 고구려와 백제로부터의 도래인들에 의해 달성된다.

▌ 나라 도다이지 대불전

그리고 710년부터 794년까지 헤이조쿄平城京가 정치, 경제, 문화의 중심이 되었던 80여 년간을 나라시대라고 한다. 헤이조쿄는 당나라의 장안을 모델로 동서 약 4.2㎞, 남북 약 4.7㎞의 규모로 건설된 계획도시이다. 8세기 중엽 덴표天平(729~749) 연간에는 당나라와 서역의 영향을 받아 국제적인 성격을 띤 덴표 문화가 번창하게 된다. 특히 쇼무聖武(724~749) 천황은 불교를 보호 육성하여 각 지방에 고쿠분지国分寺를 세우고, 752년에는 나라에 거대한 도다이지東大寺를 건립한다.

오랜 기간 동안 구비 전승되었던 가요와 신화 전설 등이 대체로 이 시기에 기록되어 현존하는 최고의 문헌으로 남게 되었다. 고대 율령국가로서의 체제가 정비되면서 신화·전설·설화와 가요 등이 『고지키古事記』, 『후도키風土記』, 『니혼쇼키日本書紀』 등으로 편찬된다. 또 8세기 중엽에는 일본 최초의 한시집인 『가이후소懷風藻』가 편찬되고, 최대의 서정시집인 『만요슈万葉集』가 편찬되었다. 『만요슈』 등의 시가는 한자의 음훈을 이용한 소위 '만요가나万葉仮名'로 기술되는데, 이는 헤이안 시대에 가나仮名 문자의 원천이 된다. 8세기 말에는 일본 최고의 가론서 『가쿄효시키歌経標式』가 성립되고, 상대 씨족의 신화·전설을 그린 『다카하시우지부미高橋氏文』와 『고고슈이古語拾遺』 등이 편찬된다.

---

1) 제1조, 조화를 중요시하고, 반역하는 일이 없도록 해라. 一にㅌく、和を以て貴しとなし、忤ふること無きを宗と為せ。
   제2조, 마음으로 삼보를 존중해라. 삼보란 불법승이다. 二にㅌく、篤く三宝を敬へ。三宝とは仏法僧なり。

상대의 일본인들이 풍부한 상상력으로 그린 문학성 짙은 신화·전설·가요의 세계는 야마토 지방의 자연과 문화적 풍토에서 나온 것이다. 이러한 신화·전설과 상대가요는 자연에 대한 소박하고 힘찬 감동을 있는 그대로 표현한 '마코토まこと'의 문학이라 한다.

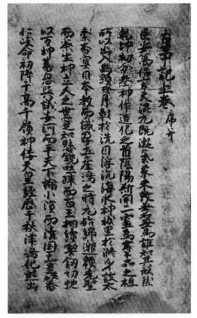

고지키 원문(『日本古典文学全集』 1, 小学館, 1973)

2. 신화와 전설

1) 『고지키』

임신난壬申乱(672)에서 승리한 덴무天武(673~686) 천황은 황실의 계통과 역대 천황의 사적(帝紀, 本辞)을 정비하여 천황 통치의 정당성을 여러 씨족에게 알리기 위해 『고지키古事記』를 편찬하게 한다. 덴무 천황은 도네리舎人[2]인 히에다노아레稗田阿礼에게 훈독하고 검토하게(誦み習わす) 했다고 한다. 그러나 천무 천황 재위중에 완결되지 못하고 있었는데, 711년 겐메이元明(661~721) 천황이 오노 야스마로太安万侶(?~723)에게 찬록撰録하게 하여 712년에 완성했다고 한다.

『고지키』의 본문은 상, 중, 하의 3권으로 되어 있다. 상권은 성립사정과 표기법을 밝히고 있는 서문, 천지창조로부터 제1대 진무神武 천황까지의 신화 전설을, 중권은 진무 천황으로부터 제15대 오진応神(270~310) 천황까지, 하권은 제16대 닌토쿠仁徳(313~399) 천황부터 제33대 스이코推古(592~628) 천황까지를 기술하고 있다. 『고지키』에는 고대의 신화·전설이 지극히 인간적이고 사실적으로 묘사되어 있어 일본 고대인들의 풍부한 상상력을 엿볼 수 있다. 예를 들면 이자나기(伊邪那岐), 이자나미(伊邪那美)라고 하는 남녀신의 국토창건 신화, 그 자손으로 천황가의 시조신이 되는 아마테라스오미카미(天照大神)의 이야기, 스사노오노미코토(須佐之男命)와 오구니누시노카미(大国主神)의 영웅적인 활약상, 야마토타케루(倭建)의 전설적인 영토확장과 죽음, 역대 천황의 사랑과 황위계승 등이 그려져 있다.

아마테라스오미카미를 모신 이세 신궁

---

2) 일본 고대에 천황과 황족을 모신 하급 관리.

다음은 『고지키』 상권의 서문, 스사노오노미코토의 뱀 퇴치, 야마토다케루의 영웅적인 활약상을 그린 대목이다.

<『고지키』 상권 및 서문>

신 야스마로 말씀 올립니다. 무릇 혼돈한 시초의 기운은 이미 응결했지만, 아직 전조와 형태는 나타나지 않는다. 이름도 없고 움직임도 없으니 누가 그 형태를 알 수 있겠는가. 그러나 건곤이 처음으로 갈리고 세 신이 만물을 창조하는 시작이 되었다. 음양이 여기서 나누어져 두 신이 만물을 낳는 부모가 되었다. 그리고 두 신은 저승과 이승을 오가며 몸과 눈을 씻을 때에 일월의 신이 나타났다. 바닷물에 부침하여 몸을 씻을 때 신들이 나타났다. 그래서 세상의 시초는 어두웠지만 전승에 의해 국토를 낳고 섬을 출산한 때를 알 수 있다. (중략)

이에 천황이 말씀하시기를, '짐이 듣기를 여러 집안에서 갖고 있는 제기와 본사가 이미 진실과 달리 많은 허위가 담겨있다고 한다. 지금 그 잘못을 고치지 않으면 몇 년 지나지 않는 동안에 본래의 의미가 사라질 것이다. 이것은 즉 나라의 근본이고 왕권의 기본이다. 그래서 제기를 올바로 기술하고 구사(신화 전설)를 검토하여, 거짓을 삭제하고 진실을 편찬하여 후대에 전하려한다.'고 말씀하셨다. 이때 궁중 관리가 한 사람 있었다. 성은 히에다이고 이름은 아레인데, 나이는 28살 이었다. 인품이 총명하여 눈에 띄면 입으로 읽고, 한번 귀에 들리면 가슴에 새겨 잊는 일이 없었다. 그래서 아레에게 명령하여 천황가의 계보와 선대의 구사를 검토하게 했다. 그러나 세월이 지나고 천황이 바뀌어 아직 그 일을 이루지 못했다. (중략)

이에 구사의 잘못된 점을 안타까워하고 제기의 오류를 바로잡기 위해, 와도 4년 9월 18일에 신 야스마로에게 명령하여, '히에다노 아레가 읽는 칙어의 구사를 찬록하여 헌상하라.'고 말씀하시어, 삼가 말씀대로 자세히 채록했다. 그러나 상고 때는 말과 뜻이 함께 소박하여 글을 짓고 구를 만드는 것이 어려웠다. 모두 훈으로 기술하면 문자가 말하고자 하는 바를 다 표현할 수가 없고, 전부 음으로 기술하면 너무 길어져 의미를 파악하기 어렵다. 그래서 지금 어떤 경우는 한 구 속에 음과 훈을 섞어 사용하고, 어떤 경우는 한 가지 사항을 오로지 훈으로 기술한다. 그리고 말의 뜻을 이해하기 어려운 경우는 주를 붙여 의미를 명백히 하고, 의미를 이해하기 쉬운 것은 주를 달지 않는다. 또 성씨에서 日下를 구사카라고 읽고, 이름에서 帶자를 다라시라고 읽는 경우는 원래대로 두고 고치지 않는다. 대체로 기술하고 있는 것은 천지개벽으로부터 시작하여 오와리다 천황까지이다. 그래서 아메노미나카누시 신부터 히코나기사다케우카야후키아에즈노미코토까지를 상권으로 하고, 간야마토이와레비코(진무) 천황부터 혼다(오진) 천황까지를 중권으로 하고, 오사자키(닌토쿠) 천황부터 오와리다노오미야(스이코) 천황까지를 하권으로 한다. 합계 3권을 기술하여 삼가 헌상합니다. 신 야스마로 삼가 말씀 올립니다.

와도 5년 정월 28일 정5위 상훈 5등 오노아손 야스마로

＜『古事記』上巻併せて序＞

臣安万侶言す。夫、混元既に凝りて、気・象未だ効れず。名も無く為も無ければ、誰か其の形を知らむ。然れども、乾坤初めて分れて、参はしらの神造化の首を作れり。陰陽斯に開けて、二はしらの神群の品の祖と為れり。所以に幽・顕に出で入りして、日・月、目を洗ふに彰れたり。海水に浮き沈みして、神・祇身を滌ぐに呈れたり。故、太素は杳冥けれども、本つ教に因りて土を孕み島を産みし時を識れり。(中略)

是に、天皇の詔ひしく、「朕聞く、諸の家の齎てる帝紀と本辞と、既に正実に違ひ、多く虚偽を加へたり。今の時に当りて其の失を改めずは、幾ばくの年も経ずして其の旨滅びなむと欲。斯れ乃ち、邦家の経緯にして、王化の鴻基なり。故惟みれば、帝紀を撰ひ録し、旧辞を討ね窮め、偽りを削り実を定めて、後葉に流へむと欲ふ」とのりたまひき。時に舎人有り。姓は稗田、名は阿礼、年は是廿八。為人聡く明くして、目に度れば口に誦み、耳に払るれば心に勒す。即ち、阿礼に勅語して、帝皇日継と先代旧辞とを誦み習はしめたまひき。然れども運移り世異りて、未だ其の事を行ひたまはず。(中略)

焉に、旧辞の誤り忤へるを惜しみ、先紀の謬り錯へるを正さむとして、和銅四年九月十八日を以て、臣安万侶に詔はく、「稗田阿礼の誦める勅語の旧辞を撰ひ録して献上れ」とのりたまへば、謹みて詔旨の随に、子細に採り摭ひつ。然れども、上古の時は、言と意と並びに朴にして、文を敷き句を構ふること、字に於て即ち難し。已に訓に因りて述べたるは、詞心に逮ばず。全く音を以て連ねたるは、事の趣更に長し。是を以て、今、或るは一句の中に、音と訓を交へ用ゐつ。或るは一事の内に、全く訓を以て録しつ。即ち、辞の理の見え叵きは、注を以て明し、意の況の解り易きは、更に注せず。亦、姓に於て日下をば、玖沙訶と謂ひ、名に於て帯の字をば、多羅斯と謂ふ。如此ある類は、本の随に改めず。大抵記せる所は、天地の開闢けしより始めて小治田の御世に訖る。故、天御中主神より以下、日子波限建鵜草葺不合命より以前をば、上つ巻と為、神倭伊波礼毘古天皇より以下、品陀の御世より以前をば、中つ巻と為、大雀皇帝より以下、小治田の大宮より以前をば下つ巻と為、并せて三巻を録して、謹みて献る。臣安万侶、誠に惶り誠に恐み、頓々首々。

和銅五年正月廿八日　正五位上勲五等太朝臣安万侶

<『고지키』 상권, 스사노오노미코토의 뱀 퇴치>

그리하여 스사노오노미코토는 쫓겨나서 이즈모의 히노 강 상류, 지명이 도리가미라고 하는 곳으로 내려가셨다. 이 때 젓가락이 그 강에서 떠내려왔다. 이에 스사노오노미코토는 강 상류에 사람이 있다고 생각하여 찾아 올라가니, 할아버지와 할머니 두 사람이 있었는데 여자아이를 사이에 두고 울고 있었다. 그래서 스사노오노미코토는 '너희들은 누구냐.'라고 물으셨다. 그러자 그 노인이 대답하기를, '나는 지역신인 오야마쓰미 신의 아들입니다. 내 이름은 아시나즈치이고, 아내의 이름은 데나즈치라고 하고, 딸의 이름은 구시나다히메라고 합니다.'라고 했다. 또 말하기를 '너희가 우는 까닭이 무엇인가.'라고 물었다. 대답해 말하기를, '우리 딸은 원래 8명이 있었는데, 고시의 발이 8개 달린 뱀이 매년 와서 잡아먹었습니다. 지금 그 뱀이 올 때입니다. 그래서 울고 있습니다.'라고 말했다. (중략)

▌스사노오노미코토(『日本の古典』 1, 学研, 1984)

그리하여 스사노오노미코토는 이즈모에서 궁전을 지을 곳을 찾으셨다. 그래서 스가 지방에 이르시어, '이곳에 오니 내 마음이 상쾌하다.'라고 말씀하시며, 그곳에 궁전을 짓고 사셨다. 그래서 그곳을 지금 스가라고 한다. 이 신이 처음 스가의 궁전을 지었을 때 그곳에서 구름이 솟아올랐다. 그래서 노래를 지었다. 그 노래는,

많은 구름이 솟아오른다. 이즈모의 많은 울타리 아내와 함께 살 궁전 그 장대한 울타리 (1)

그리하여 아시나즈치 신을 불러 말씀하시기를 '너를 내 궁전의 수장으로 임명하노라.'라고 말했다. 또 이름을 이나다의 궁주 스가노야쓰미미의 신이라고 불렀다.

<『古事記』上巻, 須佐之男命の大蛇退治>

故、避り追はえて、出雲国の肥の河上、名は鳥髪といふ地に降りたまひき。此の時に、箸、其の河より流れ下りき。是に須佐之男命、人其の河上に有りと以為ひて、尋ね覚め上り往けば、老夫と老女と、二人在りて、童女を中に置きて泣けり。爾くして、問ひ賜ひしく、「汝等は、誰ぞ」ととひたまひき。故、其の老夫答へて言ひしく、「僕は、国つ神、大山上津見神の子ぞ。僕が名は足上名椎と謂ひ、妻が名は手名椎と謂ひ、女が名は櫛名田比売と謂ふ」といひき。

亦、問ひしく、「汝が哭く由は何ぞ」ととひき。答へ白して言ひしく、「我が女は、本より八たりの稚女在りしに、是を、高志の八俣のをろち、年ごとに来て喫ひき。今、其が来べき時ぞ。故、泣く」といひき。(中略)

故是を以て、其の速須佐之男命、宮を造作るべき地を出雲国に求めき。爾くして、須賀といふ地に到り坐して、詔はく、「吾、此地に来て、我が御心、すがすがし」とのりたまひて、其地に宮を作りて坐しき。故、其地は、今に須賀と云ふ。此の大神、初め須賀の宮を作りし時に、其地より雲立ち騰りき。爾くして、御歌を作りき。其の歌に曰はく、

八雲立つ　出雲八重垣　妻篭みに　八重垣作る　その八重垣を (1)

是に、其の足名椎神を喚して、告らして言ひしく、「汝は、我が宮の首に任けむ」といひき。且、名を負ほせて稲田宮主須賀之八耳神と号けき。

<『고지키』 중권, 게이코 천황, 야마토타케루>

그런데 게이코 천황은 또 되풀이해서 야마토타케루노미코토에게 명하기를, "동쪽의 12개 지방의 난폭한 신과 아직 복종하지 않은 자들을 말로 평정하라."고 말씀하시며, 기비노 오미들의 조상, 이름이 미스키토모노미미타케히코를 함께 파견하셨을 때 호랑가시나무로 만든 장대한 창을 하사하셨다.

이리하여 야마토타케루노미코토는 천황의 명령을 받고 나오셨는데, 이세의 신궁에 들러 신전에 참배하고, 그의 고모인 야마토히메에게 말씀 올리기를, (중략)

야마토는 좋은 나라이다 겹겹이 둘러친 푸른 울타리 산으로 에워싸인 이름다운 야마토 (30)

미야즈히메 마루바닥 근처에 내가 두고 온 보검의 칼이여 아아 그 칼이여 (33)

<『古事記』中つ巻 景行天皇 倭建>

爾くして、天皇、亦、頻りに倭建命に詔はく、「東の方十二道の荒ぶる神とまつろはぬ人等とを言向け和し平げよ」とのりたまひて、吉備臣等が祖、名は御鉏友耳建日子を副へて遣しし時に、ひひら木の八尋矛を給ひき。

故、命を受けて罷り行きし時に、伊勢大御神の宮に参ゐ入りて、神の朝廷を拝みて、即ち其の姨倭比売命に白さく、(中略)

倭は国の真秀ろば たたなづく 青垣 山隠れる 倭し麗し (30)

嬢子の床の辺に 我が置きし 剣の大刀 その大刀はや (33)

■ 야마토타케루(『日本の古典』1, 学研, 1984)

야마토타케루는 이세 사이구伊勢斎宮인 야마토히메에게 천황이 자신을 죽음으로 내몰려한다고 원망하고, 결국 이 동정을 마지막으로 죽음을 맞이한다. 이 때 야마토히메는 야마토타케루에게 구사나기의 검草那芸剣와 부싯돌이 든 주머니를 주면서 위급할 때 풀어보라고 한다. 이 칼과 부싯돌은 야마토타케루가 사가미相模 벌판에서 호족들에게 화공을 당했을 때, 주변의 풀을 베고 맞불을 놓아 살아나와 호족들을 정벌할 때 사용된다. 그런데 야마토타케루는 구사나기의 검을 오와리尾張의 미야즈히메美夜受比売에게 맡겨둔 채 빈손으로 이부키산伊吹山의 신들을 점령하다가 발병하여 죽는다. 후대에 이 구사나기노쓰루기는 야타노카가미八咫鏡, 야사카니노마가타마八坂瓊曲玉와 함께 천황을 상징하는 3종의 신기神器가 된다.

이와 같이 『고지키』는 천황을 중심으로 국토가 통합되어 간다는 논리를 기술한 것이지만 많은 신화·전설·설화가 담겨 있다. 또한 고전승에 삽입되어 있는 회화문이나 113수의 상대가요에는 신화·전설을 인간적이고 현실적으로 묘사한 대목에 풍부한 문학성이 담겨있다.

2) 『니혼쇼키』

『니혼쇼키日本書紀』는 『고지키』가 편찬된 지 8년 후인 720년, 겐쇼元正(715∼724) 천황의 명으로 도네리신노舍人親王(676∼735) 등에 의해 편찬된 일본 최초의 역사서이다. 『고지키』가 국내용으로 고대 전승의 신화·전설을 정리하여 황실의 권위를 여러 씨족들에게 과시하려는 의도로 편집되었다면, 『니혼쇼키』는 중국의 사서 등을 의식하여 대외적인 국위선양을 위해 편집되었다. 그러나 신화·전설과 역대 천황의 계보 등은 『고지키』와 중복되는 부분이 많다.

『니혼쇼키』의 문제는 순수한 한문체로 엄숙하고 수수하며, 구성은 중국의 역사서를 모방하여 편년체로 기술하고 있다. 또한 일본 전국의 신화·전설·설화를 인용하여 객관적이고 통일된 역사를 기술하려는 의도가 엿보인다. 『쇼쿠니혼기続日本紀』의 기록에 의하면, 전 30권과 계보 1권이 편찬되었다고 하나 현재 계보는 전하지 않는다. 권2까지는 신대神代를 다루고, 3권 이하는 제1대 진무 천황으로부터 제41대 지토持統, 690∼697 천황 때까지의 사적과 역사를 기술하고 있다. 『니혼쇼키』는 위서偽書라는 설도 있지만 일본의 정사正史인 육국사六国史[3]의 첫 번째 사서史書라는 의의가 있다. 그리고『고지키』에 비해 문학적 가치는 떨어지지만 중복되는 신화와 128수의 가요가 수록되어 있다.

『니혼쇼키』의 제15대 오진応神 천황대에는 거문고의 유래와 전설이 전해진다. 가라노枯野라고 하는 빠른 배를 관선官船으로 사용하다 폐선이 되자, 그 나무를 이용하여 소금을 구웠다. 그리고 타다가 남은 부분으로 거문고를 만들었는데, 그 소리가 멀리까지 울려 퍼지자 천황이 다음의 노래를 읊었다고 한다.

<『니혼쇼키』권제10 제15대 오진 천황>
천황이 노래하기를(41)
가라노로 소금을 굽고 그 타고 남은 나무로 거문고를 만들어 타는 소리가 유라 해협의 바다 속 암초에 나 있는 해초가 흔들리는 것처럼 은은하게 울려 퍼지네

<『日本書紀』卷第十 応神天皇>
天皇歌して曰はく（のたま）(41)

枯野を 塩に焼き 其が余り 琴に作り 掻き弾くや 由良の門の 門中の海石（いくり）に 触れ立つ なづの木の さやさや

3)『후도키』

『후도키』는 713년에 겐메이元明(707~715) 천황의 칙명에 따라 제국諸国에서 보고된 지리와 고전승 등을 편찬한 지지地誌이다.『후도키』의 문체는 대체로 한문체로 되어 있으나 '만요가나'로 기술된 부분도 있다. 현존하는 것은 이즈모出雲(시마네島根), 하리마播磨(효고兵庫), 히젠肥前(사가佐賀・나가사키長崎), 히타치常陸(이바라기茨城), 분고豊後(오이타大分)의 5개국과 40여 국의 일문逸文이『샤쿠니혼기釈日本紀』등 후대의 문헌에 인용되어 있다. 이 중 완전한 형태로 전해지는 것은『이즈모 후도키』이다.

『쇼쿠니혼기続日本紀』권6의 713년 5월 2일조에는 겐메이 천황이『후도키』의 편찬과 관련하여 내린 명령을 다음과 같이 기술하고 있다.

---

3) 나라 시대 초기부터 헤이안 시대에 걸쳐 편찬된 6가지 역사서. ①『니혼쇼키日本書紀』(720), ②『쇼쿠니혼기続日本紀』(797), ③『니혼코키日本後紀』(840), ④『쇼쿠니혼코키続日本後紀』(869), ⑤『니혼몬토쿠텐노쓰로쿠日本文徳天皇実録』(879), ⑥『니혼산다이지쓰로쿠日本三代実録』(901)

<『쇼쿠니혼기』 권6, 겐메이 천황, 713년 5월 2일>

기나이(5개국)와 7도 제국의 군·고을의 명칭은 좋은 글자를 골라 정하라. 군내에서 산출되는 금·동·채색(그림 재료)·식물·조수·물고기·벌레등은 상세히 그 종류를 기술하고, 토지는 비옥한지 척박한지, 산·강·벌판 이름의 유래, 또 고로가 전승하는 옛 이야기와 기이한 일은 사적에 적어 보고하라.

<『続日本紀』巻6, 元明天皇, 713年 5月 2日>

畿内と七道諸国の郡・郷の名称は、好い字をえらんでつけよ。郡内に産出する金・銅・彩色(絵具の材料)・植物・鳥獣・魚・虫などのものは、詳しくその種類を記し、土地が肥えているか、やせているか、山・川・原野の名称のいわれ、また古老が伝承している旧聞や、異った事がらは、史籍に記載して報告せよ。

『후도키』에는 단순한 지리 풍토만이 아니라 문학성이 짙은 신화 전설도 기술되어 있다. 예를 들면 『이즈모 후도키』의 「국토 끌어오기国引き 전설」, 『히타치 후도키』의 「쓰쿠바筑波와 가시마香島 고을의 우타가키 전설」, 『히젠 후도키』의 「히레후리褶振 봉우리 전설」, 『오미近江 후도키』의 일문 「날개 옷羽衣 전설」, 『단고丹後 후도키』의 일문 「우라시마코浦嶼子 전설」 등이 있다. 다음은 『오미 후도키, 국토 끌기 전설』의 일문逸文에 전하는 「날개 옷 전설」과 『이즈모 후도키』의 「오우 고을」에 관한 이야기이다.

<『오미 후도키』「날개옷 전설」>

고로가 전해 말하기를, 오미 지방. 이카고 고을의 요고 마을. 이카고 호수는 마을의 남쪽에 있다. 하늘의 팔선녀가 함께 백조가 되어 하늘에서 호수의 남쪽으로 내려와 목욕하였다. (중략) 몰래 흰 개를 보내어서 날개옷을 훔치게 했는데, 막내 선녀의 옷을 훔쳤다. 선녀들이 금방 눈치를 채고, 언니 선녀 7명은 천상으로 날아 올라가는데, 그 막내 혼자만 올라갈 수가 없었다.

古老の伝へて日へらく、近江の国伊香の郡。与胡の小江。郷の南にあり。天の八女、倶に白鳥と為りて、天より降りて、江の南の津に浴みき。(中略) 窃かに白き犬を遣りて、天羽衣を盗み取らしむるに、弟の衣を得て隠しき。天女、乃ち知りて、其の兄七人は天上に飛び昇るに、其の弟一人は得飛び去らず。

<『이즈모 후도키』 오우 고을, 국토 끌기 전설>

오우라고 이름이 지어진 이유는 땅을 끌어온 야쓰카미즈오미즈노가 말씀하시기를, '많은 구름이 피어오르는 이즈모 지방은 폭이 좁은 베와 같은 미완성의 땅이다. 처음 완성된 땅이기에 조그만 지역이다. 그래서 이어서 만들어야지.'라고 하시고, '신라의 곶을 남는 땅인가 하여 찬찬히 바라보니, 과연 남는 땅이로구나.'라고 말씀하신다. 그리고 소녀의 가슴같이 평평한 가래를 손에 들고, 큰 물고기의 아가미를 찍어 내듯이 땅을 갈라, 긴 억새로 만든 세 가닥의 굵은 밧줄을 던

시마네현島根県 이즈모다이샤(出雲大社)

져 걸쳐서 검은 덩굴을 힘차게 당기고, 배처럼 살랑살랑, 땅이여 와라 땅이여 와라 하며 끌어당겨 이어 만든 지역은 고즈 산이 들어간 곳부터 기즈키 곶까지이다. 그리하여 끌어온 땅을 묶어둔 말뚝은 이와미 지역과 이즈모 지역의 경계이다. 지역명은 사히메 산이 바로 여기이다.

〈『出雲国風土記』意宇の郡, 国引き伝説〉

意宇と号くる所以は、国引きましし八束水臣津野の命、詔りたまひしく、「八雲立つ出雲の国は、狭布の稚国なるかも。初国小さく作らせり。故、作り縫はな」と詔りたまひて、「栲衾志羅紀の三埼を、国の余りありやと見れば、国の余りあり」と詔りたまひて、童女の胸鉏取らして、大魚の支太衝き別けて、はたすすき穂振り別けて、三身の綱うち挂けて、霜黒葛くるやくるやに、河船のもそろもそろに、国来国来と引き来縫へる国は、去豆の折絶より、八穂爾支豆支の御埼なり。此くて、堅め立てし加志は、石見の国と出雲の国との堺なる、名は佐比売山、是なり。

오미 후도키의 「날개 옷 전설」은 우리나라의 「나무꾼과 선녀」이야기와 유사하고, 『이즈모 후도키』의 「오우 고을」이야기는 시마네현 오우군의 지명근원 설화이다. 일본이 독도를 다케시마竹島라고 하며 영유권을 주장하는 시마네 현에는 이러한 설화가 배경에 있다.

4) 씨족의 전설과 지방의 가요

『다카하시우지부미高橋氏文』(789)와 『고고슈이古語拾遺』(807)는 각 씨족 간의 경쟁과 자신의 집안에 더 큰 공적이 있다는 것을 증명하기 집안의 유래나 전설을 기술한 내용이다. 이 외에도

『스미요시타이샤진다이키住吉大社神代記』(789)는 스미요시다이샤住吉大社에 관한 신화를 기술하고 있고, 『조구쇼토쿠호오테이세쓰上宮聖徳法王帝説』(9세기)는 쇼토쿠 태자의 전기와 자료를 집성한 상대 설화의 귀중한 자료이다.

한편 중앙의 정권에서 벗어나 있던 지방의 문학으로는, 아이누蝦夷와 오키나와沖縄의 가요·신화·전설이 있다. 일본 동북부와 홋카이도北海道 등에는 이곳에 거주했던 아이누蝦夷 족의 신요神謡「유-카라ユーカラ」가 전한다. 그리고 오키나와는 원래 류큐琉球 왕국이었는데, 16~17 세기에는 고대 가요인「오모로」를 모은 가집『오모로조시』22권이 편찬되었다.

다음은『다카하시노우지부미』에서 이와카무쓰가리노미코토가 게이코 천황을 수행하다가 가다랭이와 큰 대합을 잡아, 회를 만들고, 익히거나 굽는 등 갖가지 요리를 만들어 천황에게 바친다는 이야기이다. 그리고『고고슈이』는 아마테라스가 천상의 암굴에 숨었을 때, 인베씨의 시조 아메노후토다마노미코토(天太玉命)가 활약한다는 이야기를 기술하고 있다.

<『다카하시우지부미』>

이것을 요즘 말로는 가다랑어라고 한다. 배가 썰물을 만나 둔치에 좌초했다. 이를 파내다가 8척이나 되는 흰 대합을 찾았다. 이와카무쓰가리노미코토는 그 두 가지를 태후에게 바쳤다. 이에 태후는 칭찬하여 기쁘며 말씀하시기를, '아주 맛있게 요리하여 식사에 올리라.'고 하셨다.

　こを今の世の諺に堅魚といふ。船潮の涸るゝに遇ひて渚の上に居ぬ。堀り出さむとするに八尺の白蛤一貝を得つ。磐鹿六獵命、件の二種の物を捧げて太后に献りき。かれ、太后誉め給ひ悦び給ひて詔りたまはく、「甚味く清く造りて御食に供へまつらむ」と。

<『고고슈이』>

그 때 아마테라스오미카미가 화를 내시며, 천상의 암굴에 들어가셔서 문을 닫고 숨어버렸다. 그래서 천지 사방이 모두 암흑 세상이 되고 주야의 구별이 없어져, 신들은 모두 걱정하고 방황하여 손발을 둘 곳이 없었다.

　時に天照大神赫怒まして、天石窟に入りまして、磐戸を閉して幽居ましぬ。爾乃ち六合常闇にして、昼夜分いだめなし。群神たち愁へ迷ひ、手足措きどころ罔し。

5) 설화

설화문학의 시발은 헤이안 시대 초기에 야쿠시지薬師寺의 승려, 교카이景戒에 의해 편찬된『니혼료이키日本霊異記』이다.『니혼료이키』는 9세기 초(810~24)에 편찬되었지만, 그 내용은 주로 나라 시대에서 헤이안 시대 초기의 신화·전설과 불교설화를 한문으로 기술한 것이다. 보통『니혼료이키』라고 하지만, 정확하게는『니혼코쿠겐포젠아쿠료이키日本国現報善悪霊異記』이며『료이키霊異記』라고도 한다.『니혼료이키』는 상권 35화話, 중권 42화, 하권 39화로, 전체 116화로 구성되어 있다. 각권마다 서문이 있고, 설화에 따라서는 논평이 붙어 있는 경우도 있다. 일본의 불교사를 설화의 형태로 서술하고 있으며, 주로 인과응보의 원리나 신앙의 공덕을 나타내는 불교설화이다.

<『니혼료이키』 상권 서두>
나라의 우경 야쿠시지의 사문 교카이가 기술한다.
대체로 불경과 유교 경전이 일본에 전해져 널리 전파된 시기는 두 번 있었다. 두 번 모두 백제국으로부터 바다를 건너 전해진 것이다. 야마토의 가루시마 도요아키라 궁에서 천하를 다스린 오진 천황 대에 유교의 책이 전해졌다. 야마토의 시키시마 가나자시 궁에서 천하를 다스린 긴메이 천황 대에 불교 서적이 전해졌다. 그러나 유교를 배우는 사람은 불법을 나쁘게 말했다. 반대로 불교를 믿는 사람은 유교의 서적을 업신여긴다. 어리석은 사람들은 미망의 집념으로 악의 씨앗을 뿌리면 악보가 따르고, 선의 씨앗을 뿌리면 선보가 있다고 하는 원리를 믿지 않는다. 그러나 지혜가 깊은 불교 신자들은 불교와 유교의 책을 함께 보고, 인과응보의 가르침을 믿고 두려워한다.

<『日本国現報善悪霊異記』上卷 冒頭>
諾楽の右京の薬師寺の沙門景戒録す
原夫れば、内経・外書の日本に伝はりて興り始めし代には、凡そ二時有りき。皆、百済の国より浮べ来りき。軽嶋の豊明の宮に宇御メタマヒシ誉田の天皇のみ代に、外書来りき。磯城嶋の金刺の宮に宇御めたまひし欽明天皇のみ代に、内典来りき。然れども乃ち外を学ぶる者は、仏法を誹れり。内を読む者は、外典を軽みせり。愚痴の類は迷執を懐き、罪福を信なりとせず。深智の儔ハ内外を観て、信として因果を恐る。

3. 시가

1) 상대가요

상대가요는 문자가 없었던 고대에 집단으로 읊고 전승되었던 노래이다. 현존하는 상대가요는 약 300수 가량인데,『고지키』,『니혼쇼키』에 기록되어 있는 가요를 '기키가요記紀歌謡'라고 한다.

『고지키』에 113수, 『니혼쇼키』에 128수가 실려 있는데, 양쪽 문헌에 중복 수록되어 있는 51수를 제외하면 기기가요는 약 190수 정도이다. 이러한 상대가요의 가체歌体로는 가타우타片歌, 세도카旋頭歌, 장가長歌, 단가短歌, 붓소쿠세키카仏足石歌 등이 있다. 가장 짧은 가타우타의 음수율은 '5・7・7'이며, 세도카는 가타우타를 두 번 반복한 '5・7・7・5・7・7'이고, 장가는 '5・7・5・7・5・7 …… 7'로서 마지막에 7의 음수율이 추가된 것이다. 한편 단가는 '5・7・5・7・7'의 31문자みそひともじ이며, 붓소쿠세키카는 단가에 7이 추가된 '5・7・5・7・7・7'이다.

문자 발명 이전의 원시시대에 종교와 노동, 그리고 애정이 동기가 되어 발생한 문학성 짙은 집단가요로 우타가키歌垣가 있다. 우타가키를 관동지방에서는 가가이嬥歌라고도 했는데, 우타가키는 원래 중국이나 한반도로부터 전해진 것으로 집단으로 가요를 읊는 행사이다. 우타가키가 구체적으로 어떻게 행해졌는지 그 자세한 내용은 전해지지 않고 있으나, 『후도키』나 『니혼쇼키』, 『만요슈』, 『쇼쿠니혼기統日本紀』 등에는 우카가키에서 읊은 가요가 기술되어 있다.

붓소쿠세키카는 법회 등에서 부처를 예찬한 노래를 돌에 새긴 것이다. 현존하는 붓소쿠세키카는 753년 나라의 야쿠시지薬師寺 경내에 세운 비에 새겨진 21수가 있는데, 내용은 부처의 공적을 예찬한 것이 17수, 중생의 자각을 재촉하는 노래가 4수 현존한다.

▌ 우타가키(『日本の古典』 2, 学研, 1984)

헤이안 시대인 981년에 성립된 긴카후琴歌譜는 만요万葉가나로 표기된 상대가요로 현재 21수가 남아 있다. 이는 일본 고유의 악기인 6현금의 악보와 가사인데, 각장마다 곡명이 붙어 있으며 궁중에서 축가로 불린 노래였다. 그러나 헤이안 시대에 가구라우타神楽歌나 사이바라催馬楽 등의 궁정가요가 정비됨에 따라 『긴카후』는 점점 쇠퇴한다.

다음은 『히타치 후도키常陸風土記』에서 가시마香島 고을에 전하는 우타가키歌垣와 『만요슈』 권9에서 다카하시 무시마로高橋虫麻呂가 쓰쿠바산의 우타가키에서 읊은 가요이다.

<『히타치 후도키』 가시마 우타가키>

두 사람(남녀)은 용모가 수려하고 인근에서 눈에 띄었다. 서로 상대의 평판이 높다는 것을 알고, 함께 서로를 그리워하게 되어, 그 감정을 억제할 수가 없었다. 오랜 세월을 사모하고 있다가, 우타가

키의 모임〔지방 사람들은 우타가키 혹은 가가이라고 한다〕에서 우연히 만났다. 그 때 이라코(남자)가 읊은 노래는,

　　아제의 작은 소나무에 베를 걸치고 나를 향해 흔드는 것이 보이는구나. 아제의 처녀여

　　〈『常陸風土記』香島歌垣〉

並に形容端正しく、郷里に光華けり。名声を相聞きて、望念を同存くし、自愛む心滅せぬ。

月を経日を累ねて、嬥歌の会〔俗、宇太我岐と云ひ、又加我毘と云ふ〕に、邂逅に相遇へり。

時に郎子、歌して曰ひしく、

　　いやぜるの 阿是の小松に 木綿垂でて 吾を振り見ゆも 阿是小島はも

　　〈『만요슈』권9〉
　　쓰쿠바 산에 올라 가가이를 하는 날 읊은 노래 한 수(1759)

　　독수리가 사는 쓰쿠바 산의 모하키쓰의 바닷가 근처에 젊은 남녀가 다 함께 모여 노래하고 춤추는 가가이에서 나도 남의 아내와 관계해야지. 내 아내에게 다른 사람도 구혼하겠지. 이 산을 지배하는 신이 예로부터 금지하지 않는 행사이다. 오늘만큼은 여자를 가엽게 생각하지 말아요. 남자를 타박하지 말아요. 조가는 아즈마 지방의 말로 가가이라고 한다.

　　〈『万葉集』巻9〉
　　筑波嶺に登りて嬥歌会を為る日に作る歌一首(1759)

　　鷲の住む 筑波の山の 裳羽服津の その津の上に 率ひて 娘子壮士の 行き集ひ かがふ嬥歌に 人妻に 我も交はらむ 我が妻に 人も言問へ この山を うしはく神の 昔より 禁めぬ行事ぞ 今日のみは めぐしもな見そ 事も咎むな 嬥歌は、東の俗の語にかがひといふ

히타치는 지금의 도쿄 근처인 이바라기茨城 현이다. 가시마 마을 남쪽의 젊은 남녀가 서로 사랑하는 마음을 갖고 있다가 우연히 우타가키에서 만나 가요를 증답한다. 두 남녀는 사람들을 피해 소나무 아래로 숨어 날이 새는 줄도 모르고 사랑을 속삭이다 아침 해가 떠오르자, 부끄러워한 나머지 소나무가 되어버렸다는 것이다. 그리고 쓰쿠바 산은 우타가키가 행해질 때 젊은 남녀의 성性이 해방되는 공간이었음을 알 수 있다. 즉 우타가키는 봄가을의 좋은 계절에 제례를 올리는 장소에서 춤과 가요를 통해 남녀의 만남이 이루어지는 행사이고, 이는 후대에 남녀가 사랑의 와카를 증답하는 원천이라고 할 수 있을 것이다.

　다음은 부처님의 행적을 기리는 '붓소쿠세키카'이다.

<붓소쿠세키카>

부처님의 행적을 새기는 바위 소리는 하늘까지 울리고 땅조차 뒤흔든다. 부모님을 위하여 중생을 위하여

<仏足石歌碑>

御足跡作る石の響きは天に到り地さへ揺すれ父母がために諸人のために

2) 『만요슈』

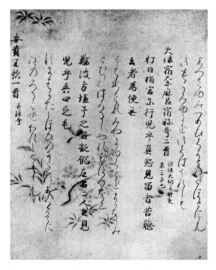

▌ 만요슈 고사본(『日本の古典』 2, 学研, 1984)

통일국가가 확립되고 귀족의 관료체제가 확립되면서 집단으로 읊었던 상대가요는 점차 쇠퇴하고 개인의식이 싹틈에 따라 개인적인 감정이 담긴 창작 와카를 많이 읊게 되었다. 8세기 후반『만요슈万葉集』는『고카슈古歌集』,『가키노모토노 히토마로카슈柿本人麻呂歌集』,『루이주가린類聚歌林』등의 선행가집들을 바탕으로 장기간에 걸친 편집과정을 거쳐 집대성된 사찬집私撰集이다. 최종적으로 전체 20권의 형태인데 정확한 편자는 알 수 없으나, 대표 가인 중의 한사람인 오토모노 야카모치大伴家持(717?~785)등이 편찬에 참여했을 것으로 추정된다.

작자는 천황과 관리, 승려, 하층민 등 500여명에 이르고, 작품의 배경이 되는 지역도 야마토大和를 중심으로 아즈마東国에서 규슈九州에까지 걸쳐 있다. 시대는 닌토쿠仁德(290~399) 천황의 황후인 이와노히메磐姫의 노래로부터 759년 오토모노 야카모치의 노래까지 약 450년간에 걸쳐있다. 그러나 대부분의 노래는 629년 조메이舒明(593~641) 천황이 즉위한 해부터 759년까지 약 130년간의 작품이다.

『만요슈』의 표기는 가나 문자가 발명되기 이전이기 때문에, 표기방법은 한자의 음훈을 이용하거나 1자 1음의 '만요가나万葉仮名'[4]로 기술되었다. 전체 약 4516수 중 단가가 약 4200수로 전체의 93% 정도를 차지하고 있고, 나머지는 장가가 약 260수, 세도카가 약 60수, 렌가連歌가 1수, 붓소쿠세키카가 1수 등이다. 내용별로는 조카雜歌[5], 소몬相聞[6], 반카挽歌[7]로 3분류할 수 있고, 표현

---

4) 한자의 자음과 자훈을 빌어 일본어를 기술한 신라의 이두吏読와 같은 표기법.『고지키』와『니혼쇼키』에서도 사용하고 있으나 특히『만요슈』에서 많이 사용하고 있다. 예, あめつち(阿米都智), なむ(南), まつ(待), なつかし(夏樫), あられ(丸雪), もちづき(三五月).

5) 소몬, 반카 이외의 천황의 행차나, 여행, 연회, 사계, 자연 등을 읊은 노래로 1750수 정도.

방법에 따라 정술심서가正述心緒歌, 기물진사가寄物陳思歌, 비유가比喩歌, 문답가問答歌, 기려가羈旅歌 등으로 나눌 수 있다. 『만요슈』는 가풍의 변천과 유력한 가인의 활동기를 기준으로 다음 4기로 나눌 수가 있다.

제1기는 만요시대의 여명기로서 초기 만요시대라고도 하는데, 대부분은 다이카大化(645) 개신 전후부터 임신란壬申亂(672) 때까지로 중앙집권체제가 확립되는 격동기에 읊은 노래이다. 대표 가인으로는 조메이舒明(629~641) 천황, 아리마노 황자有間皇子(640~658), 나카노오에 황자中大兄皇子(626~671), 누카타노오키미額田王(생몰년미상) 등을 들 수 있다. 가체도 5 내지 7의 음수율이 확립되는 시기이다.

제2기는 후지와라쿄藤原京에 도읍이 있 었던 시대로, 710년 헤이조쿄平城京 천도 하기까지의 약 40년간이다. 직업적인 궁 정가인들이 활약했고, 마쿠라코토바枕詞 나 조코토바序詞, 대구對句와 같은 표현기 법이 획기적으로 발전했다. 대표적인 가 인으로는 장가에 뛰어난 가키노모토노 히토마로柿本人麻呂(생몰년미상), 서경가를 많이 남긴 다케치노 구로히토高市黒人(미 상), 오쓰 황자大津皇子, 오쿠 황녀大伯皇女 등이 있다.

▌빈궁문답가(『日本の古典』2, 学研, 1984)

제3기는 도읍을 헤이조쿄平城京로 천도한 710년부터 쇼무聖武 천황이 활약하던 나라시대 전기 의 20여 년간이다. 이 시기에는 『고지키』와 『니혼쇼키』가 편찬되고 소위 덴표天平 문화가 개화하 여 시가문학에도 영향을 미친다. 특히 불교와 유교, 노장사상 등 대륙문화의 영향을 크게 받은 시기이며, 가풍도 성숙하여 세련되고 개성이 풍부한 가인들이 많이 출현했다. 대표가인으로는 서경가에 뛰어난 야마베노 아카히토山部赤人(미상), 술과 여행의 가인인 오토모노 다비토大伴旅人 (665~731), 인생의 고뇌를 읊은 야마노우에노 오쿠라山上憶良(660~733?), 전설을 소재로 장가를 많이 읊은 다카하시노 무시마로高橋虫麻呂(미상) 등이 있다.

제4기는 734년(天平 6년)부터 『만요슈』 마지막 노래가 읊혀진 759년까지의 20여 년간이다. 덴 표 문화가 절정기에 이른 시기이며, 와카의 발상이나 표현이 정형화 되고 이지적이고 기교적인 경향을 나타낸다. 따라서 소위 만요풍万葉風에서 고킨풍古今風으로의 이행기라고 할 수 있다. 대표

---

6) 부모 형제와 남녀의 연애를 읊은 노래로 1700수 남짓.
7) 원래 장례 때 관을 끌면서 읊는 노래인데, 임종시의 노래를 포함한 200여수.

가인으로는 가사노이라쓰메笠女郎(미상), 사노노 오토가미노오토메狭野弟上娘子(미상), 오토모노 야카모치大伴家持(718?~785) 등이 있다. 특히 오토모노 야카모치는 오토모노 다비토의 아들로서, 후지와라씨와의 대립관계에서 가세家勢가 기울어지고 정치적으로는 불우했다. 그러나『만요슈』에 실린 그의 노래는 약 479수로 가장 많으며, 이전의 가풍을 집대성하여 당대 최고의 가인으로 활약했고 최종 편집에 참여했을 것으로 추정된다.

『만요슈』에는 천황이나 귀족들의 시가뿐만이 아니라, 권14의 아즈마우타東歌 230수와 권20 등에 사키모리우타防人歌 90수 등도 수록하고 있다. 아즈마우타는 아즈마東国 지방 서민들의 연애나 노동을 읊은 민요적인 노래이고, 사키모리우타는 규슈九州 북방의 경비로 징병된 아즈마 지방의 병사와 가족들이 읊은 이별과 망향의 노래이다. 이들 노래에는 소박하고 솔직한 민중의 생활 감정이 방언으로 묘사되어 당시 서민들의 애환이 잘 나타나 있다.

『만요슈』는 상대 와카를 집대성한 가집으로서, 다양한 작가와 시가가 채록되었다는 점에서 후대의 가집에서는 그 유래를 찾을 수가 없다. 즉『만요슈』는 순박한 고대인의 정서를 5·7의 음수율로 직관적이고 여유롭게 읊은 일본 최고 최대의 시가집이라고 할 수 있다. 근세의 국학자 가모노마부치賀茂真淵는 소박하며 남성적인『만요슈』의 가풍을 '마스라오부리ますらをぶり'라고 지적했다.

천황이 가구야마에 올라가 나라를 살펴보셨을 때의 노래 (권1-2, 조메이 천황)
야마토에는 많은 산이 있지만, 특히 아름다운 아메노카구야마에 올라가 나라를 바라보면 넓은 평야에는 연기가 피어오르고 넓은 수면에는 갈매기가 나는 좋은 나라이다. 야마토 나라는

天皇(すめらみこと)、香具山(かぐやま)に登りて望国(くにみ)したまふ時の御製歌(おほみうた) (巻1-2, 舒明天皇)
大和には 群山(むらやま)あれど とりよろふ 天(あま)の香具山 登り立ち 国見をすれば 国原は 煙(けぶり)立ち立つ 海原(うなはら)は かまめ立ち立つ うまし国そ あきづ島 大和の国は

나카노오에 [오미궁에서 천하를 다스리신 천황]의 세 산의 노래 한 수 (권1-13, 나카노오에)
가구 산은 우네비 산이 아름답다고 미미나시 산과 서로 다투었다. 신대로부터 이러했을 것이다. 먼 옛날에도 그러했기 때문에 요즘 사람도 아내를 차지하려 다투는가.

中大兄〔近江宮に天下治めたまふ天皇〕の三山の歌一首 (巻1-13, 中大兄)

▌가시하라橿原 신궁과 야마토 세 산. 우네비산
(大和三山 畝傍山)

香具山は 畝傍雄雄しと 耳梨と 相争ひき 神代より かくにあるらし 古も 然にあれこそ うつせみも 妻を 争ふらしき

덴지 천황이 내대신 후지와라 아손 가마타리에게, 봄 산에 피는 갖가지 꽃들의 아름다움과 가을 산을 수놓는 갖가지 단풍의 아름다움 중 어느 쪽이 더 깊은 정취가 있는가를 물었을 때, 누카타노오키미가 가요로 판정한 노래 (권1-16, 누카타노오키미)

▌ 누카타노오키미 자매(『日本の古典』 2, 学研, 1984)

겨울이 가고 봄이 다가오면 울지 않던 새도 와서 울고 피지 않았던 꽃도 피지만, 산이 깊어 들어가지 못하고 풀이 무성해 손에 잡지 못하네. 가을 산의 나뭇잎을 보고 단풍이 들면 손에 잡고 본다. 푸른 잎은 그대로 두고 아쉬워하는 것만이 유감이다. 나는 가을 산이 좋아요

天皇、内大臣藤原朝臣に詔して、春山万花の艶と秋山千葉の彩とを競ひ憐れびしめたまふ時に、額田王、歌を以て判る歌 (巻1-16, 額田王)
冬ごもり 春さり来れば 鳴かずありし 鳥も来鳴きぬ 咲かざりし 花も咲けれど 山をしみ 入りても取らず 草深み 取りても見ず 秋山の 木の葉を見ては 黄葉をば 取りてぞしのふ 青きをば 置きてぞ嘆く そこし恨めし 秋山そ我は

다자이 장관 오토모경, 술을 칭찬하는 노래 13수 (권3-338, 오토모노 다비토)
아무 소용없는 생각을 하는 것보다 한 잔의 탁주를 마시는 것이 나을 것이다.
현명하다고 말하기보다 술을 마시고 취해 우는 것이 더 나을 것이다. (권3-341)

▌ 오토모노 다비토(『日本の古典』 2, 学研, 1984)

大宰帥大伴卿、酒を讃むる歌十三首 (巻3-338, 大伴旅人).
験なき 物を思はずは 一坏の 濁れる酒を 飲むべくあるらし.
賢しみと 物言ふよりは 酒飲みて 酔ひ泣きするし まさりたるらし (巻3-341)

<아즈마우타와 사키모리우타>

　벼를 찧어 거칠어진 내 손을 오늘밤에도 젊은 도련님께서 잡고 한
탄할까. (권14-3459)

　변방 병사로 가는 것은 누구 남편이냐고 묻는 사람을 보면 부럽구
나. 아무 걱정이 없겠네. (권20-4425)

　稲つけば かかる我が手を 今夜もか 殿の若子が 取りて嘆かむ
（巻14-3459）

　防人に 行くは誰が背と 問ふ人を 見るがともしさ 物思もせず
（巻20-4425）

　3년(759) 봄 1월 1일에 이나바의 관청에서 지방 수령들에게 베푼
향연에서의 노래 1수 (권20-4516, 오토모노 야카모치)

　새해가 시작되는 초봄인 오늘 내리는 눈처럼 좋은 일만 쌓여라

　　三年春正月一日に、因幡国の庁にして、饗を国郡の司らに賜
ふ宴の歌一首 (巻20-4516, 大伴家持)

　　新しき 年の初めの 初春の 今日降る雪の いやしけ吉事

▌ 오토모노 야카모치
（『日本の古典』 2, 学研, 1984）

3) 한시문

　751년에 편찬된 『가이후소懷風藻』는 현존하는 일본 최고의 한시집이다. 『가이후소』의 편자로
는 오미노 미후네淡海三船(722~785), 후지이 히로나리葛井広成(생몰년미상) 등이 지목되고 있으나
모두 가설에 지나지 않는다. 『가이후소』의 작자는 모두 64명이며 119편의 한시가 작자 및 연도
별로 정리되어 있고, 표현형식은 5언 8구체를 기본으로 하고 있다. 대표적인 작자로는, 덴지天智
천황의 아들인 오토모 황자大友皇子(648~672)를 비롯하여 오쓰 황자大津皇子(663~686), 몬무文武
(683~707) 천황, 후지와라노 후비토藤原不比等(659~720), 후지와라노 우마카이藤原宇合(694~
737) 등이 있다.

　『가이후소』의 서문에는 백제의 아직기와 왕인이 한자를 전해서 일본이 몽매함을 깨우치게 되
었다고 밝히고, 백제 도래인의 후손인 왕진이王辰爾가 고구려의 국서를 해독했다는 것을 기술하
고 있다. 『가이후소』의 시는 시인의 개성적인 작품은 그다지 많지 않고, 유람遊覧이나 시연侍宴, 연
회 등이 과반수를 차지하고 있다. 특히 봄가을의 좋은 계절에 나가야노오長屋王(684~729)의 저
택에서 신라 사신들과 읊은 연회의 시가 19수 실려 있다.

『가쿄효시키歌経標式』는 772년 후지와라노 하마나리藤原浜成에 의해 편찬된 일본 최고의 가론서歌論書로 한문으로 쓴 것이다. 내용은 서문과 본문, 발문으로 구성되어 있는데, 서문에서는 와카의 기원과 의의를 밝히고, 본문에서는 시가의 결점歌病과 가체 등을 기술하고 있다. 이는 중국 육조시대의 시학을 모방한 것인데, 한시의 이론을 와카에 대입함으로써 와카和歌의

■ 오쓰 황자(『日本の古典』 2, 学研, 1984)

실체와 맞지 않는 점도 있지만, 와카에 대한 비판과 이론적 체계를 갖춘 책이 편찬되었다는 점에 의의가 있다.

다음은 『가이후소』에서 덴지 천황의 아들 오토모 황자, 덴무 천황의 아들 오쓰 황자가 읊은 한시이다.

> 오언. 시연. 절구 한 수 (1, 오토모 황자)
> 천황의 위용이 일월처럼 빛나고, 천황의 덕은 천지를 덮고, 천지인의 삼재가 모두 번창하고, 모든 나라가 모두 신의를 나타낸다
>
> 오언. 임종. 절구 한 수 (7, 오쓰 황자)
> 태양은 서쪽 집을 비추고, 북소리는 단명을 재촉한다. 황천길에는 빈객도 주인도 없고 오늘 저녁에 집을 나서 죽음의 길로 떠난다

> 五言。宴に侍す。一絶。(1, 大友皇子)
> 皇明日月と光らひ、帝徳天地と載せたまふ。三才並泰昌、万国臣義を表はす。〔皇明光日月。帝徳載天地。三才並泰昌、万国表臣義〕
>
> 五言。臨終。一絶。(7, 大津皇子)
> 金烏西舎に臨らひ、鼓声短命を催す、泉路賓主無し、此の夕家を離りて向かふ。〔金烏臨西舎。鼓声催短命。泉路無賓主。此夕離家向〕

오토모 황자는 덴지 천황에 이어서 671년에 고분弘文 천황으로 즉위하지만, 다음 해 임신난壬申

亂으로 인하여 삼촌인 오아마 황자大海人皇子(天武天皇)와의 전쟁에 패하여 자살하게 된다. 그리고 덴무 천황의 아들 오쓰 황자의 시는 모반죄로 형장으로 끌려가는 길에 읊은 사세구辞世句이다. 『가이후소』는 현존하는 일본 최고의 한시집이라는 점 이외에도, 20명 정도의 작가가 『만요슈』와 겹치므로 한시와 와카의 교류와 영향관계를 알 수 있는 좋은 자료라 할 수 있다.

4. 제사문학

상대의 일본인들은 말에 특별한 영력이 담겨 있어 행·불행을 가져온다는 언령신앙言霊信仰을 믿었다. 신에게 제사 지낼 때 기술한 노리토祝詞와 천황이 신하에게 내리는 문서인 센묘宣命는 바로 이러한 발상에서 만들어진 문장이다. 현존하는 것은 『쇼쿠니혼기続日本紀』에 몬무文武(683~707) 천황 때부터 간무桓武(737~806) 천황 때까지의 62편과 정창원正倉院 문서에 고켄孝謙 천황대의 2편 등이 남아 있다.

노리토祝詞는 아름다운 표현과 운율을 담은 엄숙하고 장중한 문장을 말하는데, 표기는 소위 센묘가키宣命書라고 하여, 우리나라의 이두체吏読体와 같이 조사나 조동사, 어미 등을 '만요가나'로 기술했다. 노리토는 927년에 편찬된 『엔기시키延喜式』에 27편, 12세기 중엽에 편찬된 『다이키台記』에 '나카토미노요고토中臣寿詞' 1편이 남아있다. 요고토寿詞란 노리토와 같은 언령신앙言霊信仰에서 비롯된 문장으로 신하가 천황의 장수와 번영을 기원하는 표현이다.

<노리토 : 『엔기시키』 권8, 6월 말 불제>
다카마가하라에 계신 천황의 친족, 간로키·간로미신의 말씀에 따라, 여러 신들을 신들의 모임에 모이게 해서, 신의 회의로서 의논하여, '우리 천황의 자손은 일본국을 평온한 나라로 평화롭게 통치하시오.'하고 맡기셨다.

<祝詞 : 『延喜式』巻の八、六月晦大祓>
高天の原に神留ります、皇親神ろき・神ろみの命もちて、八百万の神等を神集へ集へたまひ、神議り議りたまひて、「我が皇御孫の命は、豊葦原の水穂の国を、安国と平らけく知しめせ」事依さしまつりき。

5. 요약

上代文学 (古代前期, 大和, 飛鳥時代, 奈良時代, ~794)

1) 神話와 伝説, 説話 : 口承文芸에서 記載文学으로
- 『古事記』(稗田阿礼, 太安万侶, 712) : 神話, 伝説, 歌謡中心, 変体漢文
- 『風土記』(713) : 諸国의 地誌, 現存하는 것은 出雲, 播磨, 常陸, 豊後, 肥前의 5개국
- 『日本書紀』(舎人親王, 720) : 史実 중심으로 歴史的, 漢文体로 쓰여진 勅撰史書
- 六国史 : 『日本書紀』(720), 『続日本紀』(797), 『日本後紀』(840), 『続日本後紀』(869),
  『日本文徳天皇実録』(879), 『日本三代実録』(901)
- 『高橋氏文』, 『古語拾遺』
- 『日本霊異記』(景戒, 824年頃) : 奈良時代의 仏教説話

2) 詩歌 : 古代歌謡와 記紀歌謡 ⇒ 万葉仮名
- 『万葉集』(大伴家持, 759年以後) : 私撰集, 万葉仮名, 二十巻, 約4500余首, 雑歌, 相聞, 挽歌
  第一期 : 天智天皇, 額田王, 第二期 : 柿本人麻呂, 高市黒人, 第三期 : 大伴旅人, 山上憶良,
  第四期 : 大伴家持
  『懐風藻』(751) : 漢詩文集, 大友皇子, 大津皇子, 阿倍仲麻呂
  『歌経標式』(藤原浜成, 772) : 歌論書

3) 祭祀文学 : 言霊信仰
  祝詞 : 天皇이 신들에 올리는 祈願文. 『延喜式』
  宣命 : 天皇이 내리는 명령문. 『続日本紀』

제2장
중고문학

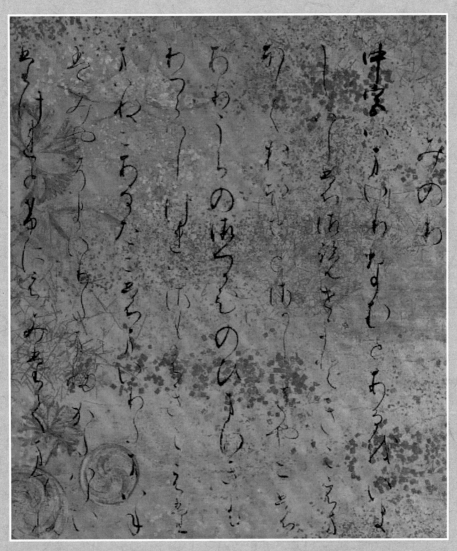

▎겐지 모노가타리 에마키 미노리권(『図説日本の古典 7 源氏物語』, 集英社, 1988)

제2장
중고문학

1. 중고문학의 개관

　중고中古 문학의 시대는 간무桓武(781~806)[8] 천황 때인 794년에 도읍을 헤이안平安(지금의 교토)으로 천도하여 1192년 미나모토노 요리토모源頼朝에 의한 가마쿠라鎌倉 막부幕府 성립까지의 약 400년간이다. 이 시대는 천황의 친정이 이루어지면서도 후지와라藤原씨를 중심으로 헤이안의 귀족들이 정치와 문화를 주도했던 시기로, 이 시기의 문학을 중고문학, 헤이안 문학, 왕조 문학, 또는 고대후기 문학이라고 한다.

　중고 시대를 역사 문학사적으로 다시 세분하면 다음의 4기로 나눌 수 있다. 제1기는 794년부

▌ 견당사(『日本の古典』 2, 学研, 1984)

---

8) 고닌光仁(770~781) 천황의 제1황자. 어머니는 백제 무령왕 계통의 다카노니이카사高野新笠.(『統日本紀』下, 桓武天皇, 790年)

터 894년 견당사遣唐使가 폐지될 때까지의 약 100년간으로, 사가嵯峨 천황을 중심으로 한문학이 융성했기 때문에 국풍암흑시대 혹은 당풍구가시대라고 한다. 제2기는 9세기 후반부터 10세기 중엽까지로 가나仮名 문자가 발명되고 와카와 모노가타리를 비롯한 국풍문화国風文化가 개화한 시기이다. 제3기는 10세기 후반부터 11세기 전반까지로 후지와라藤原氏의 섭정・관백摂政関白 정치가 절정에 달하고 와카, 일기, 모노가타리, 수필, 설화 등의 국풍문학이 전성기를 이룬 시기이다. 제4기는 11세기 중엽부터 12세기 후반까지로 천황을 대신하여 상황이 정치의 중심이 되는 원정院政 시대인데, 미나모토씨源氏와 다이라씨平氏 등의 전란이 계속되어 귀족문학이 쇠퇴하면서 후기 모노가타리와 설화문학이 등장하는 시기이다.

헤이안 천도 후 초기 100년간은 견당사를 파견하여 당나라 문화를 의욕적으로 섭취했던 소위 당나라풍이 유행했던 시기였다. 또한 정치적으로는 고대의 율령체제가 붕괴되고 장원을 배경으로 한 후지와라藤原氏에 의한 섭관摂関의 정치가 시작된다. 후지와라씨는 자신의 딸을 천황가와 혼인시켜 천황의 외척으로서 섭정・관백이 되어 정치적인 권력을 장악했다. 858년에 후지와라노 요시후사藤原良房(804~872)가 처음으로 섭정이 되고, 887년에는 요시후사의 아들 후지와라노 모토쓰네藤原基経(836~891)가 관백이 되었으며, 다다히라忠平(880~949), 모로스케師輔(908~960), 가네이에兼家(929~990)에 이어, 미치나가藤原道長(966~1027) 대에는 섭관 정치가 절정을 이루게 된다. 미치나가는 장녀 쇼시彰子를 이치조一条(986~1011) 천황에게 입궐시키고, 나머지 세 딸들도 차례로 중궁과 비妃가 되게 하여 일본 역사상 최고의 영화를 누렸다. 『쇼유키小右記』9)의 1018년 10월의 기사에는, "이 세상을 내 세상이라 여기네, 보름달이 기울어질 일이 없다고 생각하니(この世をば我が世とぞ思ふ望月の欠けたることもなしと思へば)"라고 읊은 미치나가의 와카가 소개되어 있다. 이 와카는 천황의 외척으로 세도정치를 했던 미치나가의 영화가 어느 정도였는가를 짐작할 수 있다. 그리고 미치

후지와라 미치나가(『国宝紫式部日記絵巻と雅の世界』, 徳川美術館, 2000)

우지宇治 보도인平等院

---

9) 후지와라노 사네스케藤原実資가 977년부터 1032년까지 기술한 61권의 일기.

나가의 아들 요리미치는 52년간 섭정 관백으로 영화를 누린 다음, 교토의 남쪽 우지宇治에 보도인平等院을 건립하고 만년을 보냈다.

섭관정치 체제하에서 후지와라씨는 자신들의 딸들을 입궐시킬 때, 지식과 재능이 뛰어난 여성들을 발탁하여 함께 출사하게 했다. 예를 들면 데이시定子 중궁에는 세이쇼나곤淸少納言(966?~1017)이, 쇼시彰子 중궁에는 무라사키시키부紫式部(970?~1019?)와 이즈미시키부和泉式部가 출사하여 뇨보女房이면서 작가로 활동했다. 이러한 궁정의 여류 작가들은 가나仮名문자로 와카和歌와 모노가타리物語, 일기, 수필 등을 창작하여 중궁이나 후궁들에게 읽을거리를 제공했다. 즉 가나 문자로 기술한 일기와 수필 모노가타리 등은 주로 여성들이 창작하고 여성들이 그 독자였다.

제4기에 해당하는 11세기 후반, 시라카와白河(1072~1086) 상황에 의한 원정院政이 시작되면서 후지와라씨의 섭관정치는 점차 실권을 잃게 된다. 시라카와 상황은 1086년에 어린 호리카와堀河(1086~1107) 천황에게 양위한 뒤 상황의 어소御所, 즉 원院에서 정치를 계속하였다. 상황에 의한 정치는 이후 약 130년간 계속되었는데, 이를 원정기院政期라고 한다. 원정기의 귀족사회는 상황파와 천황파로 분열되어 대립하였다. 이러한 정치적 대립은 결과적으로 무사의 등용을 초래했는데, 특히 호겐保元(1156)의 난, 헤이지平治(1159)의 난을 통해 미나모토씨源氏와 다이라씨平氏의 대립이 격화되고 귀족의 시대는 점차 쇠퇴하게 된다.

12세기 후반 다이라노 기요모리平淸盛(1118~81)는 처음으로 무사로서 최고 지위인 태정대신太政大臣에 오른다. 그러나 다이라씨는 후지와라씨와 마찬가지로 자신의 딸을 천황의 중궁으로 들여, 그 아들이 천황이 되면 외척으로서 무소불위의 권력을 행사하였다. 그래서 다이라씨는 '다이라씨가 아니면 사람이 아니다.(平氏にあらずんば人にあらず)'라고 할 정도로 일족의 영화를 구가하였다. 이에 반발한 각지의 무사들이 다이라씨 타도를 외치며 거병을 하게 되는데, 특히 미나모토노 요리토모源頼朝(1147~1199)는 가마쿠라鎌倉에서 관동지방의 무사들을 규합하고, 이복 동생인 미나모토노 요시쓰네源義経(1159~1189) 등을 파견하여 다이라씨를 멸망시킨다.

중고시대에는 가나 문자의 발명과 함께 와카, 일기, 수필, 모노가타리, 설화문학 등 다양한 문학 장르가 등장한다. 최초의 칙찬집인 『고킨 와카슈古今和歌集』, 기노 쓰라유키紀貫之의 『도사 일기土佐日記』, 세이쇼나곤의 『마쿠라노소시枕草子』, 무라사키시키부의 『겐지 모노가타리源氏物語』 등은 가나 문자로 쓴 대표적인 작품이라 할 수 있다. 그리고 후기로 가면서 귀족사회의 쇠퇴와 함께 우아한 여류문학은 점차 정체되고, 『곤자쿠 모노가타리슈今昔物語集』와 같이 무사와 서민이 문학의 전면에 등장하는 설화문학이 나타나게 된다.

중고 시대의 문예이념은 귀족문화를 배경으로 『고킨슈』의 '여성적인 우아함たをやめぶり'과 『마쿠라노소시』의 '멋있다をかし', 그리고 『겐지 모노가타리』의 '우아한 정취もののあはれ' 등이 그 기조

를 이루고 있다. 이 시대의 문학은 후대의 와카, 하이카이俳諧, 렌가連歌, 고소설, 꽃꽂이生花, 다도茶道, 노가쿠能楽 등 일본문화와 일본인의 의식구조에 미친 영향은 지대하다고 할 수 있다. 그래서 작가이며 평론가인 나카무라 신이치로中村真一郎가 "일본인의 미의식은 헤이안 시대에 완성되었다. 그 이전은 준비기이고, 그 이후는 해체기이다"라고 지적한 것처럼 헤이안 시대의 문학은 일본문화의 원천이라 할 수 있다.

2. 시가

1) 한시문

한시문은 상대시대의 덴지天智(662~671) 천황 무렵부터 귀족들의 필수 교양이었고, 신라와 발해 등의 사신들과도 한시를 증답했다. 한문학은 헤이조平城에서 헤이안平安으로 천도한 후에도 모든 분야에서 당나라를 모델로 하여 율령체제를 재건하려 하는 일본에 지속적으로 계승되었다. 특히 헤이안 시대 초기의 일본에서는 문학을 통치의 근본으로 생각하는 문장경국文章経国[10] 사상이 팽배하였다.

■ 스가와라 미치자네(『日本歴史シリーズ』 3, 世界文化社, 1968)

9세기 전기 사가嵯峨(809~823) 천황 대에는 한시문이 전성기를 맞이하여, 칙찬勅撰 한시집인 『료운슈凌雲集』(814), 『분카슈레이슈文華秀麗集』(818), 『게이코쿠슈経国集』(827)가 편찬되었다. 시풍은 전시대의 육조풍에서 성당盛唐·중당中唐풍의 7언 시가 많아지고, 대표시인으로는 사가 천황, 오노노 다카무라小野篁(802~852), 구카이空海(774~835) 등이 있었다. 구카이는 고보弘法 대사로 널리 알려져 있는 일본 불교 진언종의 개조이며, 한시문집인 『쇼료슈性霊集』(835), 한시론인 『분쿄히후론文鏡秘府論』(820년경) 등을 남겼다.

9세기 말에는 미야코노 요시카都良香(834~879), 스가와라노 미치자네菅原道真(845~903) 등이 활약했다. 특히 미치자네는 『간케분소菅家文草』(900), 『간케코슈菅家後集』(903)

---

10) 위나라 文帝(220~226, 曹丕)가 '문장은 치국의 대업으로 영구히 소멸되지 않을 성대한 사업이다. 文章経国之大業 不朽之盛事.'라고 했다.

등의 한시문집을 남긴다. 일본의 한시문은 미치자네에 이르러 중국의 모방에서 탈피하여 독자적인 경지를 열었다고 한다. 그는 894년에 견당사의 폐지를 건의하고, 다이고醍醐(897~930) 천황 때에는 우대신이 된다. 그러나 901년 후지와라노 도키히라藤原時平(871~909)의 모함에 의해 규슈의 다자이후太宰府로 좌천되어 그곳에서 죽는다. 그가 다지이후에서 읊은 매화의 노래 '동풍이 불면 향기를 보내다오 매화꽃이여 주인이

다자이후 텐만구太宰府天満宮 (『日本歴史シリーズ』3, 世界文化社, 1968)

없다고 봄을 잊지 말아요 東風吹かば匂いおこせよ梅の花主無しとて春を忘るな'(拾遺集 1006)는 널리 인구에 회자된다. 또 그가 죽은 후 갖가지 괴이한 일이 나타나자 미치자네를 기리는 기타노텐만구北野天満宮가 교토에 세워지고, 전국 곳곳에도 신사가 세워져 천신天神, 학문의 신으로 숭상을 받고 신앙의 대상이 되었다.

스가와라 미치자네의 가비

스가와라 미치자네의 원령 (『日本歴史シリーズ』3, 世界文化社, 1968)

894년 견당사가 폐지된 이후부터 일본고유의 국풍문학이 보급되면서 한문학은 점차 쇠퇴하였으나, 『백씨문집白氏文集』이나 『문선文選』 등은 여전히 남성귀족 관료들의 필독서였다. 11세기

중엽 후지와라노 아키히라藤原明衡(?~1066)는 헤이안 초기 이래의 한시문 427편을 집대성한『혼초몬즈이木朝文粹』를 편찬하였으며, 헤이안 시대 후기의 시인이며 문장가인 오에노 마사후사大江匡房(1041~1111)는『혼초신센덴木朝神仙伝』등의 저서를 남겼다.

<『분카슈레이슈』권하, 잡영>

가양 십영. 4수. 3자로 제목을 달고, 마지막 글자를 운으로 한다. (사가 천황 어제)

가양의 꽃

삼춘 2월 가양현, 가양은 원래 꽃이 많다. 꽃은 떨어져 붉고 흰 꽃잎이 뒤섞인다. 산의 폭풍우가 끊임없이 불어와 꽃잎이 옆으로 눕는다

<『文華秀麗集』卷下, 雑詠>

河陽十詠。四首。三字を以ちて題となし、終りの字を以ちて韻となす。(御製)

河陽の花

三春二月河陽県、河陽は従来花に富む。花は落つ能くも紅に復能くも白し、山の嵐頻りに下して万条斜なり。

<『간케분소』권제5「바둑」>

수담, 그윽한 곳

마음을 움직이는 재미가 어떠한가

돌을 놓는 소리 한결같이 작고

성을 이루는 것이 얼마나 큰가

여유를 즐기며 아직도 기운이 있다

노경을 보내며 기회를 놓치지 않네

만약 신선을 만난다면

나무꾼은 필시 도끼자루 썩는 줄 모를 것이다

바둑 두는 장면, 겐지 모노가타리 다케카와권
(『図説日本の古典 7 源氏物語』, 集英社, 1988)

<『菅家文草』巻第五「囲碁」>

手談幽静処	手談、幽静の処
用意興如何	意をもちいること興如何ぞ
下子声偏小	子を下すこと声偏に小さく
成都勢幾多	都を成すこと勢い幾ばくか多い
偸閑猶気味	閑を偸みてなお気味あり
送老不蹉蛇	老を送りて蹉跎ならず
若得逢仙客	若し仙客に逢うを得ば
樵夫定爛柯	樵夫定めて爛を柯さん

2) 와카

9세기 후반부터 가나 문자의 보급과 국풍문화의 유행으로 인하여, 한시문에 압도되어 있던 와카는 점차 공적인 장소에서도 읊혀지게 되었다. 이 무렵 궁정의 귀족들 사이에서는 문학적인 유희로서 우타아와세歌合라고 하는 와카의 시합이 유행했는데, 『자이민부쿄케 우타아와세在民部卿家歌合』는 그 최초의 시합이었다. 이는 '가라우타漢詩'에 대해 '야마토우타和歌'가 공적인 지위를 확보한 것이라 할 수 있고, 이러한 가운데 최초의 칙찬 가집인 『고킨 와카슈古今和歌集』가 편찬된다. 이후 가마쿠라 초기의 『신고킨슈新古今集』까지 천황이나 상황의 명에 따라 8개의 칙찬 가집이 편찬된다.

(1) 『고킨 와카슈』

『고킨 와카슈古今和歌集』는 905년 다이고醍醐 천황의 명에 따라 기노 쓰라유키紀貫之(868~945), 기노 도모노리紀友則(생몰년미상), 오시고우치노 미쓰네凡河内躬恒(미상), 미부노 다다미네壬生忠岑(미상) 등이 『만요슈』 이후의 와카 1100여수를 모아 편찬한 것이다. 전체 20권으로 봄·여름·가을·겨울·이별·여행·사랑·애상·잡가 등의 주제별로 질서정연하게 분류되어 있다. 그리고 서두에는 기노 쓰라유키의 '가나조仮名序(가나로 된 서문)', 말미에는 '마나조真名序(한문 서문)'가 실려 있다. 이 서문은 와카의 본질과 역사를 개관하고 감정心과 표현詞의 조화를 강조하고 있는데, 이는 와카의 이론으로 일본 최초의 문학론이다.

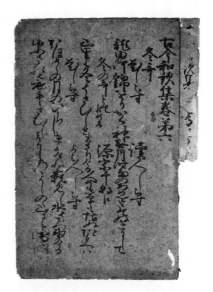

| 고킨슈 단간断簡 (김종덕 소장)

『고킨 와카슈』의 내용은 노래가 지어진 시기와 가풍에 따라 전체를 다음 3기로 나눌 수 있다. 제1기는 850년경까지로 작자미상의 시기이다. 『만요슈』의 정취를 이은 소박한 5·7조의 노래가 많고 『고킨 와카슈』 전체의 약 40%를 차지한다. 제2기는 850년에서 890년까지인데, 소위 육가선六歌仙이 활약한 시기이다. 이 무렵에는 헨조遍照(816~890), 아리와라 나리히라在原業平(825~880), 오노노 고마치小野小町(미상) 등 소위 육가선六歌仙이라고 불리는 6명의 가인들이 활약했다. 7·5조와 '산구기레三句切'[11], '엔고縁語'[12] 등의 기교적인

---

[11] 제3구인 5·7·5에서 의미를 끊어주는 기법.
[12] 연상되는 단어를 배열하는 기법. 예를 들면, '실糸'에 대해 '꼬다縒る'를 사용함.

노래가 많아지고 솔직한 감정을 읊은 가풍이다. 제3기는 891년부터 905년까지로 기노 쓰라유키 紀貫之 등 『고킨 와카슈』의 가풍을 대표하는 편찬자들이 활약한 시기이다. 이 시기는 비유나 '가케 코토바掛詞'[13] 등의 표현기법을 많이 사용하여 세련되고 기교적인 표현으로 관념적인 서정미의 세계가 완성된다.

『고킨 와카슈』의 4계절과 사랑의 노래를 중시한 체제는 후대 일본 칙찬 와카집의 모델이 되었다. 또한 섬세한 '여성적인 우아함たをやめぶり'이라고 하는 미의식을 중시하고, 관념적·이지적이며 기교적인 가풍은 이후 일본문학의 미의식 형성에 크나큰 영향을 미쳤다.

<『고킨 와카슈』 가나 서문>

야마토우타는 사람의 마음을 소재로 하여 갖가지 말이 된 것이다. 이 세상을 살아가는 사람은 이런 저런 일들이 많기 때문에, 마음속으로 생각하는 것을 보고 것과 듣는 것에 비유하여 노래로 읊는다. 꽃에서 지저귀는 꾀꼬리나 물에 사는 개구리의 울음소리를 들으면 살아있는 모든 생물 중, 그 어느 것이 노래를 읊지 않는 것이 있겠는가. 아무런 힘을 주지 않고도 천지를 움직이고, 눈에 보이지 않는 귀신을 감동시키고, 남녀의 사이도 다정하게 하고, 용맹스러운 무사의 마음도 위로하는 것이 바로 와카이다.

이 와카는 천지가 개벽함과 동시에 이 세상에 나타난 것이다. [아메노우키하시 아래에서 남녀의 신이 결혼한 것을 읊은 노래이다.] 그러나 이 세상에 전하는 것은, 하늘에서는 시타테루히메의 노래에서 시작되고, [시타테루히메는 아메노와카히코의 아내이다. 그 와카는 오빠 신의 아름다운 용모가 언덕과 계곡에 빛나는 것을 읊은 히나부리의 노래일 것이다. 이들 노래는 음수율도 분명하지 않고 가체도 정해지지 않은 것이다.] 지상에서는 스사노오노미코토의 노래로부터 유래한다. 신대에는 노래의 음수율도 정해지지 않고 마음에 생각한 것을 그대로 읊었기 때문에, 읊은 노래의 의미가 분명하지 않았다. 인간의 시대가 되어서 스사노오노미코토부터 31문자의 노래를 읊게 되었다. [스사노오노미코토는 아마테라스오미카미의 남동생이다. 스사노오는 아내와 함께 살 궁전을 이즈모에 지었을 때, 그곳에서 여덟 가지 색깔의 구름이 피어오르는 것을 보시고 읊은 것이다.

많은 구름이 솟아오른다. 이즈모의 많은 울타리 아내와 함께 살 궁전 그 장대한 울타리]

<『古今和歌集』仮名序>

やまとうたは、人の心を種として、万の言の葉とぞなれりける。世の中にある人、ことわざ繁きものなれば、心に思ふことを、見るもの聞くものにつけて、言ひ出だせるなり。花に鳴く鶯、水に住む蛙の声を聞けば、生きとし生けるもの、いづれか歌をよまざりける。力をも入れずして、天地を動かし、目に見えぬ鬼神をもあはれと思はせ、男女の中をも和らげ、猛き武士

---

13) 동음이의어를 이용하여 한 단어에 두 가지 이상의 뜻을 나타낸 기법. 예를 들면, '나가메眺め'와 '나가메長雨'.

の心をも慰むるは歌なり。

この歌、天地のひらけ初まりける時よりいできにけり。[天の浮橋の下にて、女神男神となり給へることをいへる歌なり] しかあれども、世に伝はることは、久方の天にしては下照姫に始まり、[下照姫とは、天稚御子の妻なり、兄の神のかたち、岡・谷に映りて輝くをよめる夷歌なるべし、これらは、文字の数も定まらず、歌のやうにもあらぬことどもなり] あらかねの土にては、素盞嗚尊よりぞ起りける。ちはやぶる神世には、歌の文字も定まらず、素直にして、言の心わきがたかりけらし。人の世となりて、素盞嗚尊よりぞ、三十文字あまり一文字はよみける。

[素盞嗚尊は、天照大神の兄なり。女と住み給はむとて、出雲国に宮造りしたまふ時に、その所に八色の雲を見てよみたまへるなり。

八雲立つ出雲八重垣妻籠めに八重垣つくるその八重垣を]

입춘 날 읊는다. (권제1-2, 봄, 기노 쓰라유키)
소매 적시며 움켜지었던 물이 얼어붙어 있었는데 입춘 날인 오늘 바람이 녹이겠지

春たちける日よめる (巻第1-2, 春, 紀貫之)
袖ひちてむすびし水のこほれるを春立つけふの風やとくらむ

제목 미상 (권제7-343, 축하, 작자미상)
우리 천황은 천대 8천대까지 조약돌이 바위만큼 커져서 이끼가 낄 때가지

題しらず (巻第7-343, 賀, 読人しらず)
わが君は　千代に八千代に　細れ石の　石ほとなりて苔のむすまで

*『和漢朗詠集』祝(775)에도 나오며, 제1구를「君が代」로 바꾸어 일본의 국가로 정해졌다.

동쪽 지방으로 친구 한 두 사람과 여행을 떠났다. 미카와 지방의 야쓰하시라고 하는 곳에 도착했는데, 그 강가에 제비붓꽃이 대단히 아름답게 피어있는 것을 보고 말에서 내려 나무 그늘에 앉아, '제비붓꽃(가키쓰바타)'의 5자를 구의 앞에 두고 여정을 읊은 노래 (권제9-410, 여행가, 아리와라 나리히라)
도읍에는 당나라 옷처럼 익숙해진 아내가 있는데 멀리

아리와라 나리히라(『百人一首』, 学研, 1985)

여행을 떠나니 여수가 밀려오네

東の方へ、友とする人ひとりふたりいざなひていきけ
り。三河国八橋といふ所にいたれりけるに、その川のほ
とりに、燕子花いとおもしろく咲けりけるを見て、木の
かげにおりゐて、「かきつばた」といふ五文字を句のかし
らにすゑて、旅の心をよまんとてよめる (巻第9-410, 羈旅
歌, 在原業平)

唐衣 きつつなれにし つましあれば はるばるきぬる 旅
をしぞ思ふ

■ 오노노 고마치(『百人一首』, 学研, 1985)

제목 미상 (권제12-552, 사랑, 오노노 고마치)
그리워하며 잠들었기에 그리운 사람이 보였겠지 꿈인줄
알았으면 깨지 말텐데

題知らず (巻第12-552, 恋, 小野小町)
思ひつつ寝ればや人の見えつらむ夢と知りせば覚めざらましを

(2) 삼대집

『고킨 와카슈』가 편찬된 지 약 반세기가 지난 10세기 중엽 무라카미村上(946〜967) 천황의 명
에 의해 제2의 칙찬가집『고센 와카슈後撰和歌集』(951) 20권이 편찬되었다. 궁중에서『만요슈』를
연구하던 미나모토노 시타고源順 등 나시쓰보梨壺의 다섯 사람에 의해 편찬되었는데, 증답가와 와
카의 성립사정 등이 길게 기술된 노래가 많다. 이어서 11세기 초에는 제3의 가집으로 선행가집
에서 빠진 격조 있는 노래를 모은『슈이 와카슈拾遺和歌集』20권이 편찬되었다.『슈이 와카슈』의
대표가인으로는 이즈미시키부和泉式部(미상), 후지와라노 긴토藤原公任(966〜1041) 등이 있다. 이
상의『고킨 와카슈』,『고센 와카슈』,『슈이 와카슈』를 삼대집三代集이라고 한다.

(3) 팔대집

헤이안 시대 후기에는 지방에서 무사들이 대두하여 섭관정치와 귀족문화가 쇠퇴하면서 와카
도『고킨 와카슈』의 영향에서 벗어나 새로운 가풍을 형성하게 되었다. 11세기말에는 제4의 칙찬
가집『고슈이 와카슈後拾遺和歌集』(1086)가 편찬되었는데, 이에는 이즈미시키부와 사가미相模(미
상), 아카조메에몬赤染衛門(미상) 등 여류가인들의 참신한 가풍이 나타나기 시작했다. 이후『긴요
와카슈金葉和歌集』(1127),『시카 와카슈詞花和歌集』(1151년경),『센자이 와카슈千載和歌集』(1188) 등의

칙찬 가집이 편찬된다. 이상 7개 가집과 가마쿠라鎌倉 초기에 편찬된『신고킨 와카슈新古今和歌集』(1205)를 포함한 8개의 칙찬 가집을 팔대집八代集이라 한다.

이 시대의 대표가인으로는 미나모토노 쓰네노부源経信(1016~97), 미나모토노 도시요리源俊頼(1055?~1129?), 후지와라노 슌제이藤原俊成(1114~1204), 사이교西行(1118~90), 후지와라노 데이카藤原定家(1162~1241) 등이 활약했다. 이 중에서 특히『센자이 와카슈』시대의 슌제이는 한적하고 애수를 띤 여정미余情美와 유현미幽玄美14)의 가풍을 확립했다.

<『센자이 와카슈』259, 후지와라 슌제이>
저녁 무렵에 벌판에 부는 가을바람 몸에 스미고 메추리 우는 소리 쓸쓸한 깊은 산골

<『千載和歌集』259, 藤原俊成>
夕されば野辺の秋風身にしみて鶉なくなり深草の里

(4) 사가집

헤이안 시대 후기에는 개인의 노래를 모은 사가집私家集이 활발하게 편찬되었다. 헤이안 시대 최고의 여류가인 이즈미시키부의『이즈미시키부슈和泉式部集』, 미나모토노 도시요리의『산보쿠키카슈散木奇歌集』(1129년경), 후지와라노 슌제이의『초슈에이소長秋詠藻』(1178), 출가한 후에 각지를 방랑하며 자연에 몰입했던 사이교西行의『산카슈山家集』(미상) 등

┃ 사이교(『百人一首』, 学研, 1985)

이 있다. 특히 사이교 법사西行法師(1118~ 90)는 속명이 사토 노리키요佐藤義清였는데 23세에 처자를 버리고 출가하여 여러 지방을 방랑하며 많은 와카를 읊었다.『신코킨 와카슈』에 94수나 채록되어 대표 가인인 그의 와카는 대부분 여행을 통해 실제의 경치를 읊었는데 자연과 벚꽃을 예찬한 노래가 많다. 또한 개인 가집외에도 후대의『사이교 모노가타리西行物語』등에 많은 일화가 전해진다.

<『山家集』>
요시노 산에 핀 벚꽃을 본 뒤부터 내 마음은 벚꽃에 끌려 몸을 따르지 않는구나 (8)
吉野やま 木ずゑのはなを みし日より 心は身にも そはずなりにき (8)

---

14) 우아하고 그윽한 정취. 특히 슌제이는『겐지 모노가타리』와 같이 여정미가 묻어나는 와카의 미의식.

외출한 길에서

무심한 나도 정취를 느끼게 된다. 도요새가 날아오르는 가을의 저녁 무렵 (234)

もの へ罷りし道にて

こころなき 身にもあはれは 知られけり 鴫立つ沢の 秋の夕暮 (234)

3) 우타아와세와 가론

우타아와세는 9세기 중엽부터 유행했는데, 가인을 좌우 두 편으로 나누어 와카를 읊고 각 노래마다 심판에 해당하는 한자判者(판정관)가 우열을 가리는 놀이였다. 처음에는 궁정의 유희였으나 점차 문학적인 행사로 판정문은 와카의 이론으로 발전하였다. 대표적인 우타아와세는 『자이민부쿄케 우타아와세在民部卿家歌合』(885년경), 『간표노온토키키사이노미야 우타아와세寛平御時后宮歌合』(893년경), 『데이지노인 우타아와세亭子院歌合』(913), 『덴토쿠다이리 우타아와세天徳内裏歌合』(960) 등이 있다.

<『덴토쿠다이리 우타아와세』(960) 사랑>

19번   왼쪽 승리   후지와라노 아사타다

남녀가 서로 만나지 못한다면 오히려 그 사람도 나 자신도 원망하지 않을 텐데

          오른쪽   후지와라노 모토자네

당신을 사랑하면서도 이를 숨기고 지내는데 이런 내가 살아있다고 할 수 있나요

좌우의 노래, 모두 대단히 정취있다. 그러나 왼쪽의 노래는 표현이 아름답다. 이에 왼쪽을 이긴 것으로 한다.

<『天徳内裏歌合』恋>

十九番   左勝   朝忠

あふことのたえてしなくばなかなかに人をもみをもうらみざらまし

          右   元真

きみこふとかつはきえつつふるものをかくてもいけるみとやみるらむ

左右歌、いとをかし。されど、左の歌は詞清げなりとて、以左為勝。

가론歌論이란 와카의 본질이나 미적이념, 형태, 읊는 방법 등에 관한 이론으로 일종의 평론문학이다. 이러한 가론에 근거한 와카의 의의와 본질, 작법을 연구한 학문을 가학歌学이라 한다. 최초의 가론서는 나라시대에 편찬된 『가쿄효시키歌経標式』(772)이나, 본격적인 가론은 기노 쓰라유키가 쓴 『고킨슈』의 서문인 '가나조仮名序'가 효시라고 할 수 있다. 주요한 가론서로는 후지와라노 긴토藤原公任(966~1041)의 『신센즈이노新撰髄脳』(1041년 이전), 미나모토노 도시요리源俊頼의

『도시요리즈이노俊頼髄脳』(1115년경), 후지와라노 기요스케藤原清輔의 『후쿠로조시袋草子』(1158년경) 등이 있다. 가론은 우타아와세歌合가 유행하게 되면서 더욱 발달하게 되었는데, 와카의 가체나 결점, 우타아와세의 방법, 가풍의 변천, 미의식 등이 포함되었다.

<『도시요리즈이노』서문>

아름다운 와카는 우리 일본의 서정적인 놀이이기 때문에 신대로부터 비롯되어 오늘날에 이르기까지 끊이지 않고 이어져왔다. 이 오랜 전통을 지닌 일본에 태어난 사람은 남녀를 불문하고 신분의 고하를 가리지 않고, 와카를 좋아하고 배워야 하지만 정취가 있는 사람은 잘 읊고, 정취가 없는 사람은 능숙해지지 않는 듯하다. 예를 들면 물속에 사는 물고기가 지느러미를 잃고, 하늘을 나는 새에 날개가 돋아나지 않은 것과 같다.

<『俊頼髄脳』序>

やまと御言の歌は、わが秋津洲の国のたはぶれあそびなれば、神代よりはじまりて、けふ今に絶ゆることなし。おほやまとの国に生れなむ人は、男にても女にても、貴きも卑しきも、好み習ふべけれども、情ある人はすすみ、情なきものはすすまざる事か。たとへば、水にすむ魚の鰭を失ひ、空をかける鳥の翼の生ひざらむがごとし。

4) 가요

와카가 궁정문학으로 발전한 데 비해, 가요歌謡는 음악성과 함께 민중의 생활에 전승되었다. 나라 시대 이래로 신전에서의 가무에 사용되던 가구라우타神楽歌, 아즈마아소비우타東遊歌, 귀족들의 향연에서 불리던 사이바라催馬楽, 후조쿠우타風俗歌 등이 있다. 헤이안 중기 이후에는 악기의 반주로 읊는 로에이朗詠, 그리고 후기에는 이마요今様 등의 잡예雜芸가 유행하였다. 후지와라노 긴토는 소리 내어 읊기 좋은 한시 590여 편과 와카 약 220수를 모은 『와칸로에이슈和漢朗詠集』(1012년경)를, 고시라카와後白河 법황은 당시 유행했던 이마요의 가사를 모아 『료진히쇼梁塵秘抄』(1169년경)를 편찬했다.

<『료진히쇼』권2, 법문가>

부처님은 항상 계시지만 실제로 그 모습을 보지 못하는 것은 존귀하기 때문이다. 사람이 잠들어 조용한 새벽녘에 조용히 꿈속에 나타난다

<『梁塵秘抄』巻2, 法文歌>

仏は常に在せども、現ならぬぞあはれなる、人の音せぬ暁に、仄かに夢に見えたまふ

3. 모노가타리

1) 전기 모노가타리

▌다케토리 모노가타리, 가구야히메(『竹取物語』,
学研, 1984)

▌다케토리 모노가타리, 다섯명의 구혼자
(『日本の古典』4, 学研, 1984)

모노가타리는 전승 설화 등을 소재로 한 전기 모노가타리伝奇物語와 와카의 구승설화를 소재로 한 우타 모노가타리歌物語의 두 계통이 있다. 전기 모노가타리는 가나 문자의 발명과 중국 소설의 영향으로 신화·전설·설화나 민간에 전승되는 옛날이야기 등이 허구가 가미된 모노가타리의 형태로 발전한 것이다. 『겐지 모노가타리源氏物語』 이전의 초기 모노가타리인 경우, 대체로 작자미상인 경우가 많은 것은 작자가 한시문의 교양을 갖춘 남성 귀족관료였기 때문으로 추정된다.

최초의 전기 모노가타리는 9세기 말에 성립된 『다케토리 모노가타리竹取物語』(미상)이며, 이후 『우쓰호 모노가타리うつほ保物語』(미상), 『오치쿠보 모노가타리落窪物語』(미상) 등이 기술되었다. 전기 모노가타리는 고대전승의 신화·전설의 요소가 강하고, 그 작품세계는 좁은 헤이안平安의 인간관계만이 아니라, 지방과 외국, 공상과 허구의 세계까지도 그리고 있다.

『다케토리 모노가타리』는 작자미상이며 현존하는 모노가타리 중에서 가장 오래된 작품으로, 『겐지 모노가타리』의 에아와세권絵合巻에서 '모노가타리의 효시物語の出で来はじめの親'라고 지적되고 있다. 『다케토리 모노가타리』는 우리나라의 '나무꾼과 선녀' 이야기와 비슷한 유형으로 『후도키風土記』와 『만요슈』 등에도 유사한 설화가 전해지고 있다. 또한 작품명이 『가구야 아가씨의 이야기かぐや姫の物語』로도 알려져 있는 것처럼 전승설화인 날개옷羽衣 전설을 근간으로, 가구야 아가씨가 대나무에서 나와 성장하여 귀공자들의 구

혼을 거부하고 달나라 세계로 되돌아간다
는 구혼담과 귀종유리담 등 여러 화형話型
이 내재되어 있다.

『우쓰호 모노가타리』는 10세기 후반에
성립된 작자미상의 모노가타리로 전체가
20권에 달하는 장편이다. 예로부터 작자
를 미나모토노 시타고源順(911~983)로 추
정하는 설이 있으나 단정하기는 어렵다.
작품의 내용은 기요하라 도시카게清原俊蔭

┃ 다케토리 모노가타리, 가구야히메의 승천(『日本の古典』4, 学研, 1984)

가 견당사로 가는 중에 배가 파사국波斯国(지금의 수마트라?)에 표류하여 선인으로부터 칠현금의
비곡을 배워 자손에 전승하게 되는 이야기, 미녀 아테미야貴宮에 대한 구혼담 등 다양한 인간관계
와 화형을 그리고 있다. 특히 상류귀족이나 수령층의 갖가지 삶의 모습을 사실적으로 묘사하여
당대 사회의 실상이 잘 나타나 있다. 작품의 장편성과 사실성은 『겐지 모노가타리』의 과도기적
인 작품으로 의의가 있다.

『오치쿠보 모노가타리』도 작자 미
상이며, 계모에게 학대를 당하는 의
붓딸이 귀공자를 만나 결혼하여 행복
하게 산다는 전형적인 계모 학대담의
대표작이라 할 수 있다. 『오치쿠보 모
노가타리』는 모두 4권으로 구성되어
있는데, 큰 줄거리는 계모로부터 학대
받고 있던 오치쿠보노키미落窪の君가
사콘노쇼쇼左近少将와 결혼하여 행복하

┃ 오치쿠보 모노가타리(『日本古典文学全集』10, 小学館, 1973)

게 된다는 이야기이다. 그리고 남자 주인공 사콘노쇼쇼는 관직이 태정대신太政大臣에 이르고 그
딸은 황후가 되지만, 오로지 오치쿠보노키미만을 아내로 지킨다는 이야기로 작자가 일부일처제
를 주장하고 있다는 것을 알 수 있다. 계모 학대담의 유형은 서양의 신데렐라 이야기 등 전세계
적으로 유포되어 있지만, 『오치쿠보 모노가타리』의 주제는 계모의 학대보다도 오치쿠보노키미
와 사콘노쇼쇼와의 연애를 중심으로 그려져 있다.

『오치쿠보 모노가타리』는 계모담이라는 유형의 이야기이지만 사실성과 현실성 면에서는 더
욱 심화되었다고 할 수 있다. 『겐지 모노가타리』 호타루권蛍巻에 '심술궂은 계모에 관한 옛날이

야기도 많은데繼母の腹きたなき昔物語も多かるを'라는 표현이 나오는 것으로 보아, 일부다처제 시대인 당시에 계모가 의붓자식을 학대하는 이야기는 많이 유포되어 있었다는 것을 알 수 있다. 이와 같이 전기 모노가타리의 흐름은 고대 전승의 화형이 근간을 이루고 있으면서 점차 사실적인 배경이 늘어난다는 것을 알 수 있다.

<『다케토리 모노가타리』>

지금은 이미 옛날 일이지만 대나무를 베는 할아버지가 있었다. 그 할아버지는 산과 들로 들어가 대나무를 베어 여러 가지 물건을 만드는데 사용했다. 이름은 사누키노 미야쓰코라고 했다. 어느 날 대나무 가운데 뿌리 부분이 빛나는 것이 한 그루 보였다. 이상하게 여겨 가까이 다가가 보니, 대나무 속이 빛나고 있었다. 그 안을 들여다보니 세

┃ 다케토리 모노가타리. 대나무 베는 할아범(『日本の古典』4, 学研, 1984)

치 정도 되는 사람이 너무나 귀여운 모습으로 앉아 있었다. (중략)

당신을 만나지 못하고 눈물에 떠있는 나에게 불사약이 무슨 소용이 있겠습니까

천황은 가구야가 올린 불사약이 든 항아리와 편지를 함께 부하에게 주었다. 칙사로는 쓰키노 이와가사라는 사람을 불러 스루가 지방에 있다고 하는 산꼭대기에 가지고 갈 것을 명하셨다. 그리고 정상에 올라가서 해야 할 일을 지시했다. 편지와 불사약을 함께 불태워야 한다는 것을 명령하셨다.

그 명령을 받은 쓰키노 이와가사는 많은 군사들을 데리고 산에 올라갔기 때문에, 그 산 이름을 후지산이라 붙였다. 그 불사약을 태운 연기는 아직 아직도 구름 속으로 피어오르고 있다고 전해진다.

<『竹取物語』>

いまはむかし、たけとりの翁といふものありけり。野山にまじりて竹をとりつつ、よろづのことにつかひけり。名をば、さぬきのみやつことなむいひける。その竹の中に、もと光る竹なむ一筋ありける。あやしがりて寄りて見るに、筒の中光りたり。それを見れば、三寸ばかりなる人、いとうつくしうてゐたり。(中略)

あふこともなみだにうかぶ我が身には死なぬ薬も何にかはせむ

かの奉る不死の薬壷は文具して御使に賜はす。勅使には、つきのいはがさといふ人を召して、駿河の国にあなる山の頂に持てつくべきよし仰せ給ふ。峰にてすべきやう教へさせ給ふ、御文、不死の薬の壷ならべて、火をつけて燃やすべきよし仰せ給ふ。

そのよしうけたまはりて、士どもあまた具して山へのぼりけるよりなむ、その山をふじの山とは名づける。その煙いまだ雲のなかへたち上るとぞ言ひ伝へたる。

<『우쓰호 모노가타리』>

옛날 시키부노 다유와 사다이벤을 겸한 기요하라 황족이 있었다. 황녀 부인과의 사이에 아들을 하나 얻었다. 그 아들의 총명함은 유례가 없을 정도였다. 부모는 '정말 신통한 아이이다. 지금부터 어떻게 성장하는지 두고 봅시다.'라고 하며, 일부러 책도 읽히지 않고, 여러 가지 교육도 시키지 않고 양육했는데, 이 아이는 나이에 맞지 않게 키도 크고 배려심도 깊었다.

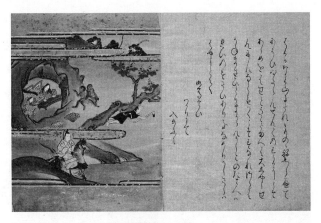

■ 우쓰호 모노가타리(京都大学図書館, 1999)

7살이 되는 해, 아버지가 고려인(발해 사신)을 만나는데, 이 7살이 되는 아이는 아버지를 본받아 고려인과 한시를 증답하자, 천황도 보통이 아닌 정말 진귀한 일이라 생각했다. 어느 정도의 실력인지 시험해보자고 생각하는 가운데 이 아이는 12살이 되어 성인식을 마쳤다.

<『うつほ保物語』>

むかし、式部大輔左大弁かけて、清原の王ありけり。皇女腹に男子一人持たり。その子、心のさときこと限りなし。父母、「いとあやしき子なり。生ひ出でむやうを見む」とて、書も読ませず、いひ教ふることもなくて生ほし立つるに、年にもあはず、たけ高く、心かしこし。

七歳になる年、父が高麗人にあふに、この七歳なる子、父をもどきて、高麗人と詩を作り交はしければ、おほやけ聞こしめして、あやしうめづらしきことなり。いかで試みむと思すほどに、十二歳にてかうぶりしつ。

2) 우타 모노가타리

우타 모노가타리는 헤이안 귀족들이 읊은 와카를 중심으로 구승口承 설화를 확대 재생산하여 엮은 단편 이야기집이다. 우타 모노가타리에서 짧은 이야기의 가장 결정적인 클라이맥스에 주인공이 와카를 읊고, 이러한 와카에 대한 감동을 다룬 이야기를 가덕설화歌徳説話라고 한다. 우타 모노가타리에는 10세기 중엽에 『이세 모노가타리伊勢物語』, 『야마토 모노가타리大和物語』, 『헤이주 모노가타리平中物語』 등이 성립되었다.

『이세 모노가타리』는 작자미상이고, 각 단은 와카를 포함한 125개의 단편으로 구성된 우타

■ 아리와라노 나리히라(『百人一首』, 学研, 1985)

■ 이세 모노가타리, 나라에혼奈良絵本 (『日本の古典』 2, 学研, 1984)

모노가타리이다. 전체적으로 아리와라노 나리히라在原業平로 추정되는 '옛날 남자昔男'의 일대기이나, 지방관의 아이로 나오는 등 실제의 나리히라와는 관계없는 허구의 단도 포함되어 있다. 헤이제이平城(806~809) 천황의 손자인 나리히라는 모계가 백제 이주민(도래인)으로 고귀한 신분이었으나, 후지와라씨가 지배하고 있는 정계의 중심에서 배제되었던 인물이다. 주인공은 와카에 능하고 연애와 풍류를 즐기는 이상적인 인물상으로 묘사되어 있는데, 니조二条황후나 이세사이구伊勢斎宮 등과 금단의 연애를 한다든지, 혹은 아즈마東国 지역을 방랑하기도 하다가 마지막 125단에서 임종을 맞이한다.

『야마토 모노가타리』는 10세기 말에 편찬된 작자미상의 우타 모노가타리로, 전체가 173단의 단편으로 구성되어 있다. 『이세 모노가타리』가 주인공의 일대기로 구성되어 있는데 비해, 『야마토 모노가타리』는 각 단마다 주인공이 다른 단편집으로, 등장인물도 위로는 천황과 황후, 귀족, 승려에서부터 갈대를 베는 남자와 유녀에 이르기까지 매우 다양하게 등장한다. 특히 140단을 전후하여, 전편이 실존인물의 와카와 관련된 이야기인데 비해, 후편은 민간전설과 실존인물의 연애사건 등 많은 설화를 포함하고 있다. 이는 우타 모노가타리의 쇠퇴와 함께 본격적인 산문의 시대가 도래했다는 것을 예고한다고 볼 수 있다.

『헤이주 모노가타리』는 작자미상으로 당대의 호색가인 다이라노 사다부미平貞文(?~923)를 주인공으로 그린 우타 모노가타리이다. 전체 39단 전후의 작품으로, 헤이주의 와카와 사랑의 인간관계를 설화적으로 그리고 있다. 그러나 후대의 설화 등에서는 헤이주가 희화화戱画化되어 해학적이며 우스꽝스러운 연애의 실패자로 등장하는 경우가 많다.

이 밖에도 오노노 다카무라小野篁가 주인공으로 등장하는 『다카무라 모노가타리篁物語』(미상),

후지와라노 다카미쓰藤原高光가 주인공인『도우노미네쇼쇼 모노가타리多武峯少将物語』(10세기후반) 등도 와카나 편지를 소재로 하여 등장인물들의 연애를 그리고 있다. 헤이안 시대의 불교 설화집인『산보에三宝絵』(984)에는 모노가타리가 큰 숲 속의 초목과 바닷가의 모래알보다 많다고 하며 수많은 작품명을 나열하고 있다. 그러나 대부분의 모노가타리는 산실되고 앞에서 서술한 소수의 모노가타리만이 현존하고 있다.

　모노가타리 문학은 주로 헤이안의 귀족 여성이 여성독자를 위해 창작한 허구의 이야기인데, 배후에는 불교의 정토사상이 짙게 깔려 있다. 가나 문자로 쓴 당시의 모노가타리는 여성의 마음을 위로하는 오락이라는 인식이 지배적이었고 한시문에 비해서 가치가 낮다고 보았다.

　　　＜『이세 모노가타리』1단, 성인식＞

　옛날 어떤 남자가 성인식을 마치고, 나라의 도읍지인 가스가 지방에 아는 연고가 있어 사냥하러 갔다. 그 마을에 대단히 우아한 자매가 살고 있었다. 이 남자는 울타리 사이로 자매를 엿보았다. 의외로 옛 도읍지에 어울리지 않는 미녀들이 있었기에 마음이 동요되었다. 남자는 입고 있던 사냥복의 옷자락을 잘라 와카를 적어 보냈다. 그 남자는 넉줄고사리 무늬의 사냥복을 입고 있었다.

　가스가 벌판의 어린 지치풀과 같은 당신을 보니 내 마음은 넉줄고사리 무늬처럼 혼미하네

　라고 바로 적어 보냈다. 이러한 때에 와카를 읊어 보내는 것이 재미있다고 생각한 것이다.

　누구 때문에 미치노쿠의 넉줄고사리 무늬처럼 마음이 혼미한가요. 당신 때문이지요

　라고 하는 노래의 정취에 따른 것입니다. 옛날 사람은 이렇게 정열적이고 우아한 행동을 했다.

　　　＜『伊勢物語』1段 初冠＞

　むかし、男、初冠して、平城の京、春日の里にしるよしして、狩に往にけり。その里に、いとなまめいたる女はらから住みけり。この男かいまみてけり。思ほえずふる里にいとはしたなくてありければ、心地まどひにけり。男の着たりける狩衣の裾をきりて、歌を書きてやる。その男、信夫摺りの狩衣をなむ着たりける。

　　春日野のわかむらさきのすりごろもしのぶの乱れかぎりしられず

　となむおひつきていひやりける。ついでおもしろきこととともや思けむ。

　　みちのくのしのぶもぢずりたれゆゑに乱れそめにしわれならなくに

　といふ歌の心ばへなり。昔人は、かくいちはやきみやびをなむしける。

　　　＜『야마토 모노가타리』158단, 사슴 우는 소리＞

　야마토 나라에 남녀가 있었다. 여러 해 동안 대단히 사랑하며 살았는데 어떻게 된 것일까요. 남자가 다른 여자를 얻은 것입니다. 뿐만 아니라 그 여자를 이 집으로 데리고 와서 벽을 사이에 두고 살게 하며 본처에게는 전혀 들리지 않았다. 본처는 정말 괴롭게 생각했지만 전혀 원망하지 않았다. 가

을날 긴 밤에 잠이 깨어 들으니 사슴이 울고 있었다. 잠자코 듣고만 있었다. 벽을 사이에 둔 남자가 "옆방에서도 듣고 있는가."라고 했다. 본처가 "무엇"하고 대답하자, 남자는 다시 "이 사슴 우는 소리를 들었는가."라고 하여, "예, 들었어요."라고 대답했다. 남자는 "'그럼 그것을 어떻게 들었어요." 하고 말하자, 여자는 바로 와카로 답했다.

　　나도 사슴이 우는 것처럼 남편의 사랑을 받았는데 지금은 다른 곳에서 목소리만 들어요

　　라고 읊자, 남자는 대단히 감동하여 지금의 여자를 내보내고 본처와 함께 살았다고 한다.

　　　　<『大和物語』158段　鹿鳴く声>

　　大和の国に、男女ありけり。年月かぎりなく思ひて住みけるを、いかがしけむ、女を得てけり。なほもあらず、この家に率てきて、壁を隔ててすゑて、わが方にはさらに寄り来ず。いと憂しと思へど、さらに言ひもねたまず。秋の夜の長きに、目をさまして聞けば、鹿なむ鳴きける。ものも言はで聞きけり。壁を隔てたる男、「聞きたまふや、西こそ。」と言ひければ、「何ごと。」と答へければ、「この鹿の鳴くは聞きたうぶや。」と言ひければ、「さ聞きはべり。」と答へけり。男、「さて、それをばいかが聞きたまふ。」と言ひければ、女、ふと答へけり。

　　　　われもしかなきてぞ人に恋ひられし今こそよそに声をのみ聞け

　　とよみたりければ、かぎりなくめでて、この今の妻をば送りて、もとのごとなむ住みわたりける。

3)『겐지 모노가타리』

▌무라사키시키부(『日本を創った人々』5, 平凡社, 1983)

(1) 무라사키시키부

『겐지 모노가타리』는 지금으로부터 약 1000년 전인 11세기 초, 전기 모노가타리와 우타 모노가타리의 두 계통을 이어 일기문학의 사실성을 바탕으로 여류작가인 무라사키시키부紫式部(970?~1019?)에 의해 쓰여졌다. 무라사키시키부의 아버지인 후지와라노 다메토키藤原為時(미상)는 헤이안시대의 석학이었으나, 정치의 중심에서는 소외된 지방의 수령층이었다. 무라사키시키부는 일찍이 생모와 사별하고 아버지 다메토키의 훈도를 받으

며 자랐다.

『무라사키시키부 일기』에 의하면 다메토키가 아들 노부노리惟規에게 한학을 가르치고 있을 때, 옆에서 듣고 있던 무라사키시키부가 먼저 해독하는 것을 볼 때마다, "안타깝도다, 이 애가 아들이 아닌 것은 정말 운이 없는 일이다.口惜しう。男子にて持たらぬこそ、幸なかりけれ"라고 입버릇처럼 한탄했다고 한다. 이러한 무라사키시키부의 뛰어난 재능과 학식은 훗날 모노가타리 창작의 밑거름이 되었을 것이다. 그녀는 998년 당시로서는 만혼인 29살의 나이에, 후지와라노 노부타카藤原宣孝(?~1001)와 결혼하여 딸 겐시賢子를 출산하지만, 2년 남짓한 행복도 잠깐이고 돌연 남편이 병으로 죽는다. 남편과

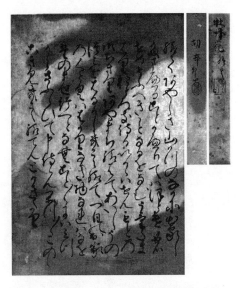

▌겐지 모노가타리. 유메노우키하시권夢浮橋卷 단간
(김종덕 소장)

사별한 무라사키시키부는 과부생활을 하면서 더욱 인생을 관조하게 되고 장대한 허구의『겐지 모노가타리』를 집필하게 된다.

그녀의 이러한 재능은 곧 당시의 권세가였던 후지와라노 미치나가에게 인정받아, 그녀의 나이 36세가 되는 1005년 경, 이치조一条(980~1011) 천황의 중궁인 쇼시彰子(道長의 딸)의 가정교사로 출사하게 된다. 무라사키시키부는 중궁 쇼시에게『백씨문집白氏文集』을 강독했다고 일기에서 밝히고 있을 정도로 한문의 교양을 갖추고 있었다. 이러한 재능을 가진 무라사키시키부가 남자였더라면 귀족관료로 출세했을지 모르지만 여자였기 때문에 일본문학사에서 기념비적인『겐지 모노가타리』를 쓸 수 있었던 것이다.

『겐지 모노가타리』의 화두는 "옛날에 남자가 있었다"라고 시작되는 초기 모노가타리와는 달리 "어느 천황의 치세 때인지いづれの御時にか"라는 말로 시작된다. 전체 약 500여명의 등장인물과, 기리쓰보桐壷, 스자쿠朱雀, 레이제이冷泉, 금상今上의 4대 천황에 걸친 70여 년간의 이야기로, 히카루겐지光源氏라고 하는 주인공의 비현실적이라 할 만큼 이상적인 일생과 그 자녀들의 인간관계를 그리고 있다. 또한 수많은 전기적 이야기와 함께 795수의 와카가 대화체로 증답되고 있어 본문을 긴장감 있는 문체로 만들고 있다. 전편을 우리말로 번역한 내용이 200자 원고지 5000매가 넘는 세계 최고 최장의 작품이다.

▌겐지 모노가타리, 기리쓰보권(『豪華[源氏絵]の世界 源氏　▌겐지 모노가타리, 유기리권(『図説日本の古典 7 源氏物語』, 集英社,
　物語』, 学習研究社, 1988)　　　　　　　　　　　　　　　　1988)

(2) 구성과 개요

　현존하는 『겐지 모노가타리』 54권을 3부로 나누었을 때, 제1부는 기리쓰보권桐壺巻으로부터 후지노우라바권藤裏葉巻까지의 33권, 제2부는 와카나상권若菜上巻으로부터 마보로시권幻巻까지의 8권, 제3부는 니오효부쿄권匂兵部卿巻부터 유메노우키하시권夢浮橋巻까지의 13권으로 구성되어 있다. 이러한 권명은 대체로 후대 독자들이 등장인물이나 와카 등에서 상징적인 표현을 따서 지은 것이다.

　제1부, 제2부의 모노가타리는 히카루겐지光源氏의 영화를 그린 일대기로, 예언이나 해몽 등이 11년을 주기로 설치되어 구상되어 있으며, 제3부는 가오루薫를 비롯한 겐지의 자녀들이 펼치는 사랑의 인간관계를 그리고 있다. 제1부의 내용은 기리쓰보 천황의 제2황자로 태어난 주인공 히카루겐지 39세까지의 이야기이다. 히카루겐지는 고려인(실제는 발해인)의 예언에 따라 신하의 신분이 되어 겐지源氏라는 성을 하사받고, 많은 여성들과 사랑의 인간관계를 맺는다. 특히 아버지인 기리쓰보桐壺 천황의 후궁인 후지쓰보藤壺와의 밀통은 『겐지 모노가타리』 전체를 흐르는 주제의 원천이라 할 수 있다. 여러 가지 복합적인 이유로 인하여 히카루겐지는 한 때 스마須磨로 퇴거하기도 하지만 양녀와 자신의 딸을 천황과 동궁에 입궐시켜 후지와라씨의 섭정 관백과 다를 바 없는 영화를 누리게 된다. 또한 39세인 후지노우라바권에서 히카루겐지는 신하로서는 최고의 지위인 태상천황太上天皇에 준하는 지위에 올라 육조원六条院을 조영하며 천황을 능가하는 왕권을 획득하게 된다.

▌겐지 모노가타리, 가시와기권(『図説日本の古典 7 源氏物語』, 集英社, 1988)

제2부는 히카루겐지 40세부터 52세까지의 이야기이다. 히카루겐지 40세 때, 스자쿠인朱雀院의 셋째 딸 온나산노미야女三宮가 당시로서는 노년의 나이인 겐지의 정처正妻로서 육조원으로 강가降嫁한다. 무라사키노우에紫上는 이 결혼의 충격과 고뇌로 인하여 발병하여 이조원二条院 저택으로 옮긴다. 겐지가 무라사키노우에의 문병을 위해 육조원 저택을 비운 사이, 온나산노미야는 가시와기柏木라는 귀족과 밀통하여 회임을 하게 된다. 겐지는 이 사건을 자신이 후지쓰보와 밀통한 과오에 대한 인과응보라는 것을 절감한다. 제2부는 전생으로부터의 인연이나 인과응보의 주제를 표면화하면서도 인생에 대한 고뇌와 죽음, 사계절의 흐름에 따라 출가를 기다리는 겐지의 만년이 묘사되어 있다.

제3부는 히카루겐지가 죽은 후, 표면적으로는 겐지의 아들이지만 실제로는 가시와기柏木의 아들인 가오루薫의 14세부터 28세까지의 이야기이다. 특히 가오루와 니오우미야匂宮가 우지宇治를 배경으로 하치노미야八の宮의 딸들과 펼치는 연애와 갈등이 그 중심이다. 특히 우키후네浮舟는 불교에 귀의하려는 가오루와 호색적인 니오미야 사이에서 그 이름이 상징하는 것처럼 방황하다가, 사랑과 인간에 대한 불신으로 죽음을 결심하고 우지宇治 강에 투신자살을 기도한다. 하지만 요카와橫川의 승려에게 구출되어 출가한다. 이러한 우키후네浮舟의 모습은 『무라사키시키부 일기』에서 작자 자신이 고백하고 있는 구도의 자세와 일치하고 있다.

무라사키시키부는 장대한 『겐지 모노가타리』를 통하여 무엇을 이야기하려 한 것일까. 중세의 연구자들은 제1부에서의 히카루겐지와 후지쓰보, 제2부에서의 가시와기柏木와 온나산노미야가 밀통한 사실을 들어 『겐지 모노가타리』의 주제를 '인과응보'라 했다. 그런데 근세의 국학자인 모토오리 노리나가本居宣長는 인과응보론을 비판하며 전편을 꿰뚫고 있는 미의식을 '모노노아와레もののあはれ'라고 했다. 이 표현은 왕조의 우아한 미적 감각을 나타내는 말로서, 계절이나 음악, 특히 남녀의 애정을 있는 그대로 느끼는 조화된 사물의 정취를 말한다. 그리고 근대의 오리쿠치 시노부折口信夫(1887~1953)는 그의 이로고노미론色好み論에서 『겐지 모노가타리』를 히카루겐지의 '풍류色好み'로 해석하고 있다.

『겐지 모노가타리』는 성립 당시로부터 인기가 있었지만, 후대문학에 미친 영향은 역사소설,

와카, 렌가連歌, 노가쿠能楽, 가부키歌舞伎, 근세의 소설에 이르기까지 이루 헤아릴 수 없을 정도이다. 국보「겐지 모노가타리 그림첩源氏物語絵巻」은 헤이안 시대 말기에 완성되었는데, 이후의 미술사에도 지대한 영향을 미쳤다.『겐지 모노가타리』는 가인들의 필독서이기도 했는데, 중세의 대표적 가인인 후지와라노 슌제이藤原俊成는『롯퍄쿠반 우타아와세六百番歌合』에서 '겐지를 읽지 않은 가인은 유한遺恨이다'라고 했을 정도이다. 이와 같이『겐지 모노가타리』의 세계는 어떠한 시대의 문화적 배경을 갖고 감상을 하더라도, 그에 상응하는 새로운 감동을 독자에게 전달하고 있다고 한다.

겐지 모노가타리, 천년기념식(「源氏物語千年記 프로그램」, 国立京都国際会館, 2008)

현대어역으로는 1913년의 요사노 아키코与謝野晶子, 1941년의 다니자키 준이치로谷崎潤一郎, 1973년의 엔지 후미코円地文子, 1978년의 다나베 세이코田辺聖子, 1993년에는 다카하시 오사무橋本治, 1998년에는 세토우치 자쿠초瀬戸内寂聴의 역이 출판되었다. 기타 야마토 와키大和和紀의 만화『아사키유메미시あさきゆめみし』를 비롯하여 영화, 연극, 가부키, 노能, 조루리浄瑠璃 등으로도 감상되었다.『겐지 모노가타리』가 최초로 해외에 소개된 것은 1882년이나, 본격적으로 국제적인 평가를 받게 된 것은 1933년 영국의 동양학자 Arthur Waley의 영역이다. 이후 Waley의 영역은 구미 각국어로 중역이 되었는데, 1978년에는 미국의 Edward G. Seidensticker, 2001년에는 오스트레일리아의 Royall Tyler가 완역을 내었다. 중국어역은 1982년에 임문월林文月(대만)이, 1984년에는 풍자개豊子愷(중국)에 의하여 각각 번역 출판되었다. 그리고 한국어역은 1975년에 유정(을유문화사), 1999년에 전용신(나남출판), 2007년에 김난주(한길사), 2008년에는 김종덕의 초역(지만지)이 각각 출판되었다.

<『겐지 모노가타리』 기리쓰보권>

　　어느 천황의 치세 때였는지, 뇨고니 고이니 하는 신분의 후궁들이 많이 계신 가운데 최상의 귀족 집안은 아니었지만 각별히 총애를 받는 분이 계셨다. 처음 궁중생활을 시작할 때부터 나야말로 하고 자부하고 계셨던 뇨고들은 이분을 눈에 거슬려하며 업신여기고 시기하셨다. 같은 신분이거나 그보다 낮은 지위의 고이들은 뇨고들보다 더욱 더 기분이 편치 않았다. 아침저녁으로 궁중생활을 함에 있어서도 사람들의 마음을 졸이게 하고 원한이 쌓여서인지 자주 병이 들고 왠지 의지할 바가 없이 친정에 가는 일이 반복되자, 천황은 점점 더 불쌍히 여겨 다른 사람의 비난도 개의치 않고, 세상의

이야깃거리가 될 만큼 총애하셨다. 당상관 등의 상류 귀족들도 굳이 드러내고 외면을 할 정도로 눈부신 총애를 하는 것이었다. 당나라에서도 이러한 일이 계기가 되어 국난이 일어나 세상이 어지럽게 되었다고 하며, 점점 세상 사람들도 한심한 일이라는 듯 걱정거리가 되어 양귀비의 예와도 비유하게끔 되었다. 고이는 정말 참을 수 없는 일이 많았지만 황송한 총애만을 의지하여 궁중생활을 하는 것이었다.

아버지 대납언은 돌아가시고 어머니는 옛날의 기품과 교양이 몸에 베인 사람으로, 양친이 모두 계시고 현재 세상의 평판이 좋은 분들에게도 그다지 뒤지지 않도록 궁중의 어떠한 관례도 잘 처리하였지만 특별히 확실한 후견이 없기 때문에 뭔가 새삼스러운 일이 생기면 역시 의지할 곳이 없어 불안한 모습이다.

기리쓰보 천황과 고이는 전생에서도 인연이 깊었던 것일까, 세상에 둘도 없이 아름다운 옥동자가 태어나셨다. 천황은 그 황자가 언제 들어올까 이제나저제나 하고 마음 조리며 기다리다가 서둘러 궁중으로 들어오게 하여 보시자 진귀한 어린 용모였다.

<『源氏物語』桐壺巻>

いづれの御時にか、女御更衣あまたさぶらひたまひける中に、いとやむごとなき際にはあらぬが、すぐれて時めきたまふありけり。はじめより我はと思ひあがりたまへる御方々、めざましきものにおとしめそねみたまふ。同じほど、それより下臈の更衣たちは、ましてやすからず。朝夕の宮仕につけても、人の心をのみ動かし、恨みを負ふつもりにやありけん、いとあつしくなりゆき、もの心細げに里がちなるを、いよいよあかずあはれなるものに思ほして、人のそしりをもえ憚らせたまはず、世の例にもなりぬべき御もてなしなり。上達部上人なども、あいなく目を側めつつ、いとまばゆき人の御おぼえなり。唐土にも、かかる事の起りにこそ、世も乱れあしかりけれと、やうやう、天の下にも、あぢきなう人のもてなやみぐさになりて、楊貴妃の例も引き出でつべくなりゆくに、いとはしたなきこと多かれど、かたじけなき御心ばへのたぐひなきを頼みにてまじらひたまふ。

父の大納言は亡くなりて、母北の方なむ、いにしへの人のよしあるにて、親うち具し、さしあたりて世のおぼえはなやかなる御方々にもいたう劣らず、何ごとの儀式をももてなしたまひければ、取りたてて、はかばかしき後見しなければ、事ある時は、なほ拠りどころなく心細げなり。

前の世にも、御契りや深かりけん、世になくきよらなる玉の男皇子さへ生まれたまひぬ。いつしかと心もとながらせたまひて、急ぎ参らせて御覧ずるに、めづらかなるちごの御容貌なり。

4. 일기와 수필

1) 일기

일기는 원래 남성 귀족관료가 매일의 공적인 기록을 한문으로 쓴 비망록이었다. 이러한 공적인 일기는 실용성이 중시되어 문학성은 거의 없다고 할 수 있다. 그런데 9세기 무렵 가나 문자가 발명되면서 가나로 기술한 일기문학이 나타났다. 즉 일기문학은 허구의 모노가타리와 달리 실제의 인생에서 경험하고 느낀 심경을 자유로이 표현한 글이기 때문에 자조自照 문학이라고도 한다.

가나 문자로 쓴 최고最古의 일기로는 다이고醍醐(897~930) 천황의 황후가 쓴 『오키사이 일기大后日記』가 단편적으로 남아 있다. 그러나 현존하는 최고의 일기 작품은 『고킨슈』의 편찬자인 기노 쓰라유키가 쓴 『도사 일기土佐日記』(935년경)이다. 『도사 일기』의 내용은 남성 귀족관료인 쓰라유키가 도사土佐(지금의 고치현高知県) 수령의 임기를 마치고 교토로 귀경하는 55일간의 기행 일기이다.

『도사 일기』의 서두는 '남자도 쓴다는 일기라는 것을 여자인 나도 써 보려는 것이다.男もすなる日記といふものを、女もしてみむとてするなり'라는 유명한 문장으로 시작된다. 이는 남성 귀족관료인 쓰라유키가 자신을 여성으로 가탁仮託함으로서 심정을 자유로이 표현하기 위함이었다. 쓰라유키는 일기에서 임지에서 잃은 딸에 대한 슬픔과 여행에서의 견문, 와카에 대한 비평 등을 솔직하게 기술하고 있다. 따라서 『도사 일기』는 후대 여류 일기문학의 선구가 되었을 뿐만 아니라, 문학론과 와카의 이론서로서 그 문학사적 의의는 지대하다고 할 수 있다.

헤이안 시대의 가나 문자는 여성에 의해 발명되었고, 주로 여성이 여성을 위한 글을 쓰는데 사용되었다. 여류 작가들은 부자연스러운 한문으로는 도저히 표현하기 어려운 자신의 내면세계를 가나 문자를 통해서 표현할 수 있었다. 즉 한문으로 표현하기 어려운 와카나 일기, 모노가타리 등을 자연스러운 가나 문자로 기술했다고 할 수 있는데, 반대로 일기 등을 쓰는 과정에서 자연히 가나 문자가 발명되었을 것으로 생각할 수도 있다.

<『도사 일기』 서두>

남자도 쓰는 일기라는 것을 여자인 나도 한번 써보려고 하는 것이다. 모년 12월 21일 술시(오후 8시경)에 출발한다. 이 여행에 관해 조금 써 둔다.

어떤 사람이 국사의 임기 4, 5년을 끝내고, 정해진 규정의 인수인계 등을 모두 마치고, 해유장 등을 받아 살았던 관사에서 나와 배를 타는 곳으로 이동한다. 이 사람 저 사람, 아는 사람 모르는 사람들이 전송한다. 여러 해 동안 친하게 지낸 사람들이 헤어지기 섭섭해 하며 하루 종일 뭔가를 하면서 떠들고 있는 동안에 밤이 깊었다.

<『土佐日記』冒頭>

男もすなる日記といふものを、女もしてみむとて、するなり。それの年の、十二月の二十日あまり一日の日の、戌の時に門出す。そのよし、いささかに、ものにかきつく。

或人、県の四年五年はてて、例のことどもみなし終へて、解由など取りて、住む館より出でて、船に乗るべき所へ渡る。かれこれ、知る知らぬ、送りす。年ごろ、よく比べつる人々なむ、別れ難く思ひて、日しきりに、とかくしつつののしるうちに、夜ふけぬ。

『가게로 일기蜻蛉日記』(974년 이후)는 후지와라노 미치쓰나藤原道綱의 어머니(936?~995?)가 쓴 자서전적인 일기이다. 작자 미치쓰나의 어머니는 중류 귀족 출신으로 미모와 자존심이 강하고 와카의 36 가선歌仙 중의 한 사람이었다. 일기의 내용은 일부다처제하에서 섭정 가문의 후지와라노 가네이에藤原兼家(929~990)와 결혼하여 21년간에 걸친 사랑과 갈등, 고뇌의 체험을 기술한 것이다. 『가게로 일기』의 정밀한 심리묘사는 이후의 일기문학뿐만이 아니라 후대의 『겐지 모노가타리源氏物語』 등에도 큰 영향을 주게 된다.

<『가게로 일기』 상권 서문>

이처럼 반평생이 허망하게 지나가고 의지할 데 없이 이도저도 아닌 어중간한 상태로 살아가는 사람이 있다. 용모도 보통보다도 못하고 사려분별이 있는 것도 아니라, 이처럼 아무 소용없는 것도 당연하다고 생각하면서, 그저 하릴없이 하루하루를 보낸다. 세상에 유포되어 있는 옛날 모노가타리의 부분 부분을 보니 세상에는 흔해빠진 허황된 꾸민 이야기도 읽혀지고 있어, 다른 사람의 이야기가 아닌 자신의 일을 일기로 쓰면 더욱 신기하게 생각하겠지. 더할 나위 없이 고귀한 신분의 남자와의 결혼생활은 어떤 것인가를 묻는 사람이 있다면 좋은 대답이 될 것이다. 오래 전에 지나버린 일들의 기억이 희미하여 뭐 이 정도였던가 라고 생각되는 기술이 많아져 버렸다.

<『蜻蛉日記』上巻 序>

かくありし時すぎて、世の中にいとものはかなく、とにもかくにもつかで、世に経る人あり

けり。かたちとても人にも似ず、心魂もあるにもあらで、かうものの要にもあらであるも、ことはりと思ひつつ、ただ臥し起き明かし暮らすままに、世の中におほかる古物語のはしなどを見れば、世におほかるそらごとだにあり、人にもあらぬ身の上まで書き日記して、めづらしきさまにもありなむ、天下の人の品高きやと、問はむためしにもせよかし、とおぼゆるも、過ぎにし年月ごろのことも、おぼつかなかりければ、さてもありぬべきことなむおほかりける。

이즈미 시키부(『百人一首』, 学研, 1985)

『이즈미시키부 일기和泉式部日記』(1008년경)는 정열적인 여류가인 이즈미시키부가 아쓰미치신노敦道親王(981~1007)와 나눈 10개월간의 연애 기록이다. 일기는 약 150수나 되는 증답가를 중심으로 기술되어 있는데, 특히 작자 자신을 3인칭 '여자女'로 묘사한 점에서 일기가 아닌 모노가타리(이야기)로 보는 견해도 있다.

『무라사키시키부 일기紫式部日記』(1010년이후)는 『겐지 모노가타리』의 작자 무라사키시키부가 이치조一条(986~1011) 천황의 중궁 쇼시彰子(988~1074)에게 출사했던 1년 반 정도의 기록이다. 미치나가의 저택에서 쇼시 중궁이 출산하는 것을 중심으로 궁중생활의 체험, 이즈미시키부나 세이쇼나곤 등 주변에 대한 인물평 등 작자의 날카로운 관찰력과 내성적인 성격이 잘 나타나 있다. 이러한 관찰력은 『겐지 모노가타리』의 주제와 배경과 등장인물의 성격 묘사에도 잘 나타나 있다.

<『무라사키시키부 일기』 서두>

　가을빛이 깊어지며 쓰지미카도 저택의 풍경은 말할 나위가 없을 정도로 정취가 있다. 연못가의 나무 가지나 정원 수로 옆의 풀숲은 저마다 물들어, 하늘 전면의 저녁노을도 아름답게 물들어, 끊임없이 들려오는 독경 소리도 더욱더 정취 있게 느껴진다.

　점점 썰렁해지는 밤기운에 계속하여 들려오는 정원수로의 물소리와 독경소리가 뒤섞여 밤새 분간이 되지 않는다.

무라사키시키부의 백씨문집 강독(『国宝紫式部日記絵巻と雅の世界』, 徳川美術館, 2000)

<『紫式部日記』冒頭>

秋のけはひ入りたつままに、土御門殿の有様、いはむかたなくをかし。池のわたりの梢ど
も、遣水のほとりのくさむら、おのがじし色づきわたりつつ、おほかたの空も艶なるに、もて
はやされて、不断の御読経の声々、あはれまさりけり。

やうやう涼しき風のけはひに、例の絶えせぬ水のおとなひ、夜もすがら聞きまがはさる。

『사라시나 일기更級日記』(1059년 이후)는 스가와라노 다카스에菅原孝標의 딸이 13세부터 52세까지 약 40년간을 회상하여 기술한 자서전적인 일기이다. 어린 시절 아버지의 임지인 가즈사上総에서 상경하는 이야기로 시작하여, 모노가타리의 세계 속에서 이상적인 남성을 동경하는 낭만과 영혼의 편력, 궁중 생활, 결혼과 사별, 결국 불도에 귀의하게 된다는 이야기 등을 기술하고 있다. 특히 친척집에서 『겐지 모노가타리』를 얻어 와서 밤낮으로 읽는 기분이 황후의 지위도 부럽지 않다고 기술하고 있는 대목에서 문학소녀였던 작자의 면모를 엿볼 수 있다.

헤이안 시대 후기의 『조진아자리노하하슈成尋阿闍梨母集』는 83세의 노모가 송나라로 떠나는 61세 아들과의 별리를 기술한 일기이다. 『사누키노스케 일기讚岐典侍日記』는 호리카와堀川(1086~1107) 천황의 총애를 받은 작자 후지와라노 초시藤原長子(1079~?)가 천황의 죽음을 추도하여 기술한 일기이다.

2) 『마쿠라노소시』

헤이안 시대에 수필이라는 문학형태가 성립된 것은 세이쇼나곤清少納言(미상)의 『마쿠라노소시枕草子』(1002년 이후)로부터이다. 수필은 일기와 같은 자조문학自照文学이지만, 시간과 장소의 제약을 벗어나 자신의 미의식을 붓 가는대로 표현한 것이다. 세이쇼나곤은 이치조一条 천황의 황후 데이시定子(977~1000)에게 출사했던 궁녀로 와카와 한문에 뛰어난 여성이었다.

10세기 말 후지와라노 미치나가가 집권하자, 데이시의 친정인 나카노간파쿠中関白家 집안은 급속히 몰락해 갔다. 이에 세이쇼나곤은 중궁 데이시를 둘러싼 화려한 궁정생활의 체험과 나카노간파쿠 집안의 영화, 자연과 인간에 대한 감상 등을 수필의 형태로 기술했다. 『마쿠라노소시』는 전체 300여 개의 단으로 구성되어 있는데, 내용에 따라 크게 유취적類聚的 장단, 일기적 장단, 수상적 장단으로 분류할 수 있다. 유

세이쇼나곤(『百人一首』, 学研, 1985)

취적 장단은 '산은山は', '새는鳥は', '귀여운 것은うつくしきもの' 등으로 시작되는 작자의 생각과 미의 식을 나열하고 있는 장단이다. 일기적 장단은 궁정생활의 체험과 감상을 회상하는 것이고, 수상적 장단은 자연이나 인사에 대한 감상을 기술한 것으로 수필적인 요소가 짙게 배어있는 장단이다.

『마쿠라노소시』에는『겐지 모노가타리』와 같은 인간의 내면적인 깊은 성찰은 없으나, 예리한 관찰력으로 폭넓은 교양과 기지, 자연과 인간이 정확하게 표현되어 있다. 특히 본문에 많이 사용 되고 있는 '멋있다をかし'라는 표현은『겐지 모노가타리』의 '우아한 정취もののあはれ'와 함께 일본 문학을 대표하는 미의식이다.

<『마쿠라노소시』1. 봄은 새벽>

봄은 동틀 무렵. 점점 밝아져 뚜렷해지는 산기슭이 조금씩 밝아지고, 보랏빛을 구름이 가늘게 옆 으로 떤 경치가 멋있다.

여름은 밤이 좋다. 달이 떠 있을 때면 더 말할 나위가 없다. 어둠도 반디가 많이 날아다니거나, 또 단지 한 마리 두 마리가 희미하게 날아가는 것도 정취 있다. 비가 내리는 것도 좋다.

가을은 저녁 무렵. 저녁 햇빛이 비추어 산기슭이 가까워졌을 때, 까마귀가 둥지로 날아가는 것이 세 마리 네 마리, 두 마리 세 마리 등이 서둘러 날아가는 것도 그윽한 정취가 있다. 하물며 기러기 등 이 나란히 열을 지어 날아가는 것이 작게 보이는 것도 대단히 운치 있다. 날이 완전히 저물어 바람소 리 벌레소리 등이 들리는 것도 역시 말할 나위 없이 좋다.

겨울은 이른 아침이 좋다. 눈이 내리는 것은 말할 나위도 없다. 서리가 많이 내려 희게 보이는 것, 또 추운 날에 불을 서둘러 일으켜 숯불을 들고 왕래하는 것도 정말 겨울 아침에 어울린다. 한낮이 되 어 점차 추위가 누그러지면 화로의 불도 흰 재가 많아져 좋지 않다.

<『枕草子』1. 春はあけぼの>

春はあけぼの 。やうやうしろくなりゆく山ぎは、すこしあかりて、紫だちたる雲のほそくた なびきたる。

夏は夜。月のころはさらなり、闇もなほ、蛍の多く飛びちがひたる。また、ただ一つ二つな ど、ほのかにうち光て行くもをかし。雨など降るもをかし。

秋は夕暮。夕日のさして山の端いと近うなりたるに、烏のねどころへ行くとて、三つ四つ、 二つ三つなど飛びいそぐさへあはれなり。まいて雁などのつらねたるが、いと小さく見ゆる は、いとをかし。日入り果てて、風の音、虫の音など、はた言ふべきにあらず。

冬はつとめて。雪の降りたるは言ふべきにもあらず、霜のいと白きも、またさらでもいと寒 きに、火などいそぎおこして、炭持てわたるも、いとつきづきし。昼になりて、ぬるくゆるび もていけば、火桶の火も、白き灰がちになりてわろし。

5. 후기 모노가타리와 설화

1) 후기 모노가타리

헤이안 시대 후기는 불교의 말법末法[15] 사상으로 인하여 인심은 동요되고, 1027년 후지와라노 미치나가藤原道長의 사후에는 현란한 왕조문화를 낳은 섭관체제도 점차 붕괴하게 된다. 11세기 말 부터 1세기 동안 이어진 원정시대는 겐페이源平의 전쟁으로 종료된다. 후기 모노가타리는 대체 로『겐지 모노가타리』의 영향 하에 기술되었지만, 이 시대를 반영한 독특한 취향의 작품 세계를 구현하고 있다.

『사고로모 모노가타리狹衣物語』(11세기 중엽) 4권은 바이시橒子 황녀의 명으로 궁녀인 다이니산 미大貳三位(무라사키시키부의 딸)가 쓴 것으로 알려져 있는 장편 모노가타리이다. 사고로모 중장狹 衣中将은 사촌 누이동생에게 사랑을 호소하지만 여의치 않고, 관계를 맺은 다른 여성들도 모두 죽 거나 출가를 해 버린다. 이에 사고로모 중장도 출가할 기회를 기다리지만 뜻을 이루지 못하고 있 다가, 아마테라스오미카미天照大神의 신탁에 따라 천황으로 즉위하게 된다는 이야기이다.『겐지 모노가타리』의 영향이 현저하고, 전체적으로 퇴폐적이고 관능적인 분위기는 후기 모노가타리 의 특징이라 할 수 있다.

『하마마쓰추나곤 모노가타리浜松中納言物語』(11세기 중엽)는 작자미상이고, 그 내용은 주인공 하마마쓰추나곤浜松中納言이 일본과 당나라를 배경으로 펼치는 낭만적인 러브 스토리이다. 작품 전체에 불교적인 죽음과 재생의 윤회사상이 깔려 있으며 꿈의 계시가 많이 등장하고 있다.

『도리카에바야 모노가타리とりかへばや物語』(11세기 후반)는 작자미상으로, 곤다이나곤權大納言의 두 아이가 아들은 여성적이고, 딸은 남성적인 성격으로 자라나, 겪게 되는 퇴폐적이고 변태적인 사건들을 그리고 있다. 그러나 갖가지 우여곡절을 겪은 후 원래의 남녀로 되돌아가 행복한 결말 을 맞이하게 된다는 이야기이다.

『요루노네자메夜の寝覚』(11세기 중엽)는 전생으로부터의 인연을 숙명적으로 살아가는 여자 주 인공의 일생을 그린 것이다. 나카노키미中君는 어릴 때의 꿈에, 하늘나라의 선녀로부터 비파의 비 곡을 전수받고 장래에 기구한 운명을 살아가게 될 것이라는 예언을 듣게 된다. 모노가타리의 주 인공이 예언에 의한 숙명적인 인생을 살아간다는 점에서,『겐지 모노가타리』의 영향이 현저하 지만 나카노키미 등의 심리묘사가 뛰어난 작품이다.

『쓰쓰미추나곤 모노가타리堤中納言物語』(1055이후)는 헤이안 후기 모노가타리 중에서 가장 문

---

[15] 불교에서 석가 입멸 후를 正法, 像法, 末法의 3기로 나누었는데, 일본에서는 1052년부터 1만년 동안 말세.

학성이 뛰어난 작품으로 평가받고 있다. 총 10편의 단편으로 구성되어 있는데, 한 사람의 작품이라기보다 몇 사람의 작품을 모은 것이다. 이 중에서 「아후사카를 넘지 못하는 곤추나곤逢坂越えぬ権中納言」만이 작자가 고시키부小式部로 알려져 있을 뿐, 나머지는 모두 작자 미상이다. 10편의 내용은 각각 권태기에 들어선 헤이안 귀족들의 일상생활을 조명하고 귀족들에 대한 풍자와 해학을 그리고 있다. 예를 들어 '먹가루はいずみ' 이야기는 갑자기 남자가 온다는 연락을 받고, 당황한 여자가 분가루로 화장을 한다는 것이 먹가루를 얼굴에 발라 남자와의 관계가 파탄하게 된다는 이야기이다.

< 『쓰쓰미추나곤 모노가타리』 먹가루 >

도읍의 아래쪽에 미천하지 않은 신분의 남자가 생계가 넉넉하지 못한 여자를 사랑하여 여러 해 동안 함께 살았다. 그런데 남자는 친밀한 사람의 집에 출입을 하다가 그 집의 딸을 사랑하게 되어 은밀히 왕래하게 되었다.

새로운 관계가 좋아 보였는지, 남자는 처음 여자보다 한층

쓰쓰미추나곤 모노가타리, '먹가루'(『日本古典文学全集』 10, 小学館, 1973)

애정을 느끼고 다른 사람의 이목도 꺼리지 않고 찾아가자, 부모가 듣고 "여러 해 본처가 있었던 사람이지만, 이렇게 된 바에야 어찌할 수가 없다."고 하며, 딸과의 관계를 인정하고 남자를 받아들였다. 본처가 이 말을 듣고, "이렇게 되면 둘 사이는 끝이야. 상대 여자도 남자를 왕래만 하게 두지는 않을 것이야."라고 생각한다. "어디 의지할 곳이 없을까, 남자가 완전히 냉담해지기 전에 내가 먼저 나가야지."라고 결심을 했다. 그러나 의지할 만한 곳도 없었다. (중략)

이 남자는 대단히 급한 성격이라, "잠시 가보자."라고 하며, 새로운 여자의 집에 한 낮에 들어갔다. 이를 본 시녀가 "갑자기 나리가 오셨어요."라고 했다. 여자는 편히 쉬고 있었기 때문에 당황해하면서 "어디 있어. 어디 있어."라고 하며, 빗 상자를 끌어 당겨 분을 바르려고 생각했는데 잘못하여 먹가루가 든 종이를 꺼냈다. 거울도 보지 않고 얼굴에 바르며, 시녀에게 "거기서 잠시 기다려 주세요. 들어오지 마세요."라고 전해라라고 말하며 몸단장에 정신이 없었다. 남자는 "대단히 빨리도 정나미가 떨어졌군요."라고 하며, 발을 걷어 올리며 여자의 방으로 들어가자, 여자는 먹가루 종이를 감추고 적당히 얼굴을 문지르고 소매로 입을 감추며 우아하게 화장을 잘 했다고 생각했다. 그런데 사실은 얼룩덜룩한 손가락 자국투성이 얼굴에 눈만 깜박깜박하고 있었다. 남자는 한번 보자마자 질

리고 이상하다는 생각이 들어, 무서워 가까이 다가가지도 못하고, "좋아요, 말씀하신대로 좀 있다가 다시 오지요."라고 하고, 잠시 보는 것도 기분이 나빠 돌아 가버렸다.

<『堤中納言物語』はいずみ>

下わたりに、品賤しからぬ人の、事もかなはぬ人をにくからず思ひて、年ごろ経るほどに、親しき人のもとへ行き通ひけるほどに、むすめを思ひかけて、みそかに通ひありきけり。

めづらしければにや、はじめの人よりは志深くおぼえて、人目もつつまず通ひければ、親聞きつけて、「年ごろの人を持ちたまへれども、いかがはせむ」とて、許して住ます。もとの人聞きて、「今は限りなめり。通はせてなども、よもあらせじ」と思ひ渡る。「行くべきところもがな。つらくなりはてぬさきに、離れなむ」と思ふ。されど、さるべきところもなし。(中略)

この男、いとひきゝりなりける心にて、「あからさまに」とて、今の人のもとに、昼間に入り来るを見て、女、「にはかに殿おはすや」と言へば、うちとけて居たりけるほどに、心騒ぎて、「いづら、いづこにぞ」と言ひて、櫛の箱を取り寄せて、白きものをつくると思ひたれば、取りたがへて、掃墨入りたる畳紙を取り出でて、鏡も待たず、うちさうぞきて、女は、「『そこにて、しばし。な入りたまひそ』と言へ」とて、是非も知らず。きしつくるほどに、男、「いととくも疎みたまふかな」とて、簾をかきあげて入りぬれば、畳紙を隠して、おろおろにならして、うち口おほひて、優まぐれに、したてたりと思ひて、まだらに指形につけて、目のきろきろとしてまたたき居たり。男、見るに、あさましう、めづらかに思ひて、いかにせむと恐ろしければ、近くも寄らで、「よし、今しばしありて参らむ」とて、しばし見るも、むくつけければ、往ぬ。

후기 모노가타리의 주제는 갖가지 형태로 변형되어 기묘한 각색과 비현실적인 환상을 그릴 뿐이고 인생에 대한 깊은 성찰은 부족하다. 허구의 모노가타리 문학은 『겐지 모노가타리』를 정점으로 하여 헤이안 귀족의 몰락과 함께 점점 쇠퇴의 길을 걷게 된다.

2) 역사 모노가타리

헤이안 시대 후기가 되면서 무사계급이 대두하자 귀족들은 과거의 영광을 그리워하고 역사의식을 갖게 된다. 그리고 허구의 모노가타리 문학에 대한 한계를 탈피하기 위해 전시대를 회고하거나 비판적인 역사 모노가타리가 유행하게 된다. 한문으로 기술된 정사가 아닌 가나仮名 문자로 기술한 역사 모노가타리는 문학사적으로도 중요한 의의가 있다. 이와 같은 역사 모노가타리의 대표작품으로는 『에이가 모노가타리栄花物語』(11세기)와 『오카가미大鏡』(12세기초), 『이마카가미

今鏡』(12세기 후반) 등이 있다.

『에이가 모노가타리』는 전체 40권으로, 정편 30권의 작자는 아카조메에몬赤染衛門, 속편 10권은 데와노벤出羽弁이라는 설이 있다. 두 사람 모두 여성 작자로서 모노가타리의 형식으로 관선 『육국사六国史』의 뒤를 이어 기술한다는 의도를 분명히 하고 있다. 즉『에이가 모노가타리』는『니혼산다이지쓰로쿠日本三代実録』의 뒤를 이어서 59대 우다宇多(887~897) 천황에서 73대 호리카와堀河(1086~1107)천황까지 약 200여년의 역사를 편년체로 기술하고 있다.『에이가 모노가타리』의 작자는『겐지 모노가타리』와 동시대를 살았던 한 사람이었기에 모노가타리야말로 도리에 맞는 사실을 기술할 수 있다고 믿었을 것이다. 그러나 작자는 여성적인 정서와 감상으로 미치나가 일가의 영화를 찬미하고 있을 뿐 역사적인 비판의식은 결여되어 있다.

<『에이가 모노가타리』권제1, 달구경, 안나(969) 사변>

이런 가운데 세간에 정말 어처구니없는 소문이 퍼졌다. 그것은 겐지 좌대신(미나모토 다카아키라)이 시키부쿄노미야의 일(사위인 다메히라 황자가 동궁이 되지 못한 것)로 조정을 전복시키려고 획책한 일이 발생하여, 세상에서는 듣기 민망한 말들이 많다. "아니야, 설마 그런 불충한 일은 없을 거야."하며 세상 사람들이 이야기하고 생각하는 동안에, 신불에게도 버림을 받으신 걸까. 아니면 소문대로 좌대신이 정말로 그런 어처구니없는 생각을 하신 것일까. 3월 26일에 좌대신 저택을 게비이시(교토의 치안을 담당하는 관직)가 포위하고, 큰소리로 어명을 읽는데, "조정을 전복하려 한 죄로 다자이 곤노소치로 좌천한다."는 판정을 큰소리로 읽는다.

<『栄花物語』巻第1, 月の宴, 安和の変>

かかるほどに、世の中にいとけしからぬことをぞ言ひ出でたるや。それは、源氏の左大臣の、式部卿宮の御事を思して、朝廷を傾けたてまつらんと思しかまふといふこと出で来て、世にいと聞きにくくののしる。「いでや、よにさるけしからぬことあらじ」など、世人申し思ふほどに、仏神の御ゆるしにや、げに御心の中にもあるまじき御心やありけん、三月二十六日にこの左大臣殿に検非違使うち囲みて、宣命読みののしりて、「朝廷を傾けたてまらんとかまふる罪によりて、大宰権帥になして流し遣はす」といふことを読みののしる。

『오카가미大鏡』는 작자미상이며 상중하 권으로 구성되어 있으며, 55대 몬토쿠文徳(850~858) 천황 때부터 68대 고이치조後一条(1016~36) 천황 때인 1025년까지, 14대 176년간의 역사가 기전체로 기술되어 있다. 그 내용은 서문에서 밝히고 있는 것처럼, 요쓰기世次(190세)와 시게키重木(180세)가 우린인雲林院 보리菩提 법회장에서 후지와라노 미치나가의 권세와 권력쟁탈의 역사를 문답식으로 이야기하는 것을 듣고 기록한 형식을 취하고 있다. 이렇게 옛날이야기를 회고하는 희곡적인 구성은 내용에 대한 작자의 책임을 회피할 수 있어 역사에 대한 비판적인 시각을 제시할 수 있었다.

<`『오카가미』제1권`>

일전에 우린인 보리강에 참배하고 있을 때, 보통 노인보다 훨씬 나이가 들어 이상한 느낌의 노인 2명, 노녀 1명, 모두 3명이 우연히 만나 같은 장소에 앉은 듯합니다. '글쎄 같은 모습의 노인들이구나.'하고 감탄하며 바라보고 있자, 이 노인들은 서로 웃으며 마주보고 말하기를,

요쓰기 "오래 동안 옛 지인을 만나 꼭 세상에서 들은 이야기도 하고, 또

■ 오카가미(『日本古典文学全集』20, 小学館, 1973)

지금의 출가한 전하(후지와라 미치나가)의 모습도 이야기하고 싶다고 생각하고 있었는데 정말로 기쁘게 만나게 된 것입니다. (중략) 그런데 당신은 몇 살이 되었습니까."

<`『大鏡』第1巻`>

先つ頃、雲林院の菩提講に詣でてはべりしかば、例人よりはこよなう年老い、うたてげなる翁二人、媼といきあひて、同じ所に居ぬめり。『あはれに、同じやうなるもののさまかな』と見はべりしに、これらうち笑ひ、見かはして言ふやう、「年頃、昔の人に対面して、いかで世の中の見聞くことをも聞こえあはせむ、このただ今の入道殿下の御有様をも申しあはせばやと思ふに、あはれにうれしくも会ひ申たるかな。 (中略) さてもいくつにかなりたまひぬる』

그 밖에 한문체로 된 최초의 군담인『쇼몬키將門記』(940), 동북지방의 전란을 그린『무쓰화키陸奧話記』(11세기 후반) 등은 중세 군키軍記 모노가타리의 선구가 된다.

3) 설화

설화문학이란 민간에 전승되는 신화 · 전설 · 동화 등의 옛날이야기나 불교의 교의를 설파하려는 이야기 등을 편찬한 것이다. 내용상으로는 크게 세속世俗 설화와 불교설화로 분류할 수 있다. 불교설화는 나라 시대 후반에 불교가 확산되면서 창도唱導, 설법, 영험, 인과응보의 신앙세계를 권장하는 내용이고, 세속설화는 귀족사회의 쇠퇴와 서민의 세태를 반영한 소박한 희로애락을 그리고 있다. 현존하는 일본의 설화는 대체로 헤이안 시대 이후 지식인으로 추정되는 편자에

곤자쿠 모노가타리슈 권24(『日本古典文学全集』 23, 小学館, 1973)

의해 수집 분류되어, 내용에 대한 비평, 감상, 교훈 등의 단평이 붙은 수십 편에서 수백 편에 이르는 설화집으로 편찬되어 있다.

『니혼료이키』는 이후의 설화집『산보에三宝絵』와 『곤자쿠 모노가타리슈今昔物語集』 등에 큰 영향을 미쳤으며, 특히 각 설화의 말미에 기입된 훈석訓釈은 고대 일본어 연구의 귀중한 자료이다.『니혼료이키』의 불교설화를 바탕으로 10세기 말에 편찬된 미나모토노 다메노리源為憲의『산보에三宝絵』는 귀족사회의 불교사상과 민간신앙을 동시에 수용하고 있다.

이러한 경향은 원정院政의 진전과 함께 무사계급 등 새로운 계층이 역사의 전면에 나타나면서 귀족층의 가치관이 크게 변질되었음을 의미한다. 그리고 11세기 경 미나모토노 다카쿠니源隆国가 편찬한『우지다이나곤 모노가타리宇治大納言物語』는 산실되어 현존하지 않고 있으나, 불교와 세속 설화를 집대성한 것으로 후세 설화집의 본보기가 되었다.

4)『곤자쿠 모노가타리슈』

『곤자쿠 모노가타리슈今昔物語集』는 12세기 전반에 불교설화와 세속설화를 집대성한 대표적 설화집이다.『곤자쿠 모노가타리슈』의 작자는 미상이지만, 전체 3편 31권으로 약 1000여 가지의 설화를 편집하여 질서정연한 체제와 조직성이 최대의 특성이라 할 수 있다. 전체의 구성은 권1～권5가 천축天竺(인도), 권6～권10은 진단震旦(중국의 옛 이름), 권11～권31은 본조本朝(일본)이며, 권8, 권18, 권21은 결권으로 현존하지 않는다.

각 설화는 대체로 그 첫머리가 '지금은 이미 옛날이야기이지만今ハ昔'이라는 말로 시작되어, '라고 전해진다トナム語リ伝ヘタルトヤ'라는 말로 맺고 있어 형식적인 통일을 기하고 있다.『今昔物語集』라고 하는 서명은 각 작품의 첫머리에 나오는 '今ハ昔'라는 표현에 연유한다. 이 중에서 특히 주목을 받는 것은 권21 이후에 수록되어 있는 세속설화인데, 불교설화와는 달리 일반민중과 무사, 승려, 학자, 의사, 도둑 등의 모습을 생생하게 그리고 있다. 또한 뱀, 여우, 귀신, 덴구天狗, 상상의 괴물 등도 그리고 있다. 즉『곤자쿠 모노가타리슈』는 불법仏法과 왕법王法의 양극을 그린 설화집이라 할 수 있는데, 특히 권27의 영귀靈鬼담과 권29의 악행담은 비왕조적인 반질서의 세계로 볼 수 있다. 문장은 한자와 가타카나를 섞은 화한혼효문和漢混淆文이고, 또 속어나 구어도 함께 구사하여 소박하고 간결한 문체이다. 근대 작가 아쿠타가와 류노스케芥川竜之介는『곤자쿠 모노가타

리슈』의 세계를 '야성의 미'라 지적하고, 이 설화집의 이야기를 패러디하여 『라쇼몬羅生門』, 『코鼻』, 『마죽芋粥』 등의 역사소설을 집필했다.

그 밖의 설화집으로는 불교의 영험담과 고승의 사적을 기록한 『우치기키슈打聞集』(1134년 이전), 법화경 영험담인 『홋케겐키法華驗記』(1040년경), 세속설화와 불교설화를 담고 있는 『고혼세쓰와슈古本説話集』(12세기말?), 각종 고사 등을 싣고 있는 『고단쇼江談抄』(12세기초) 등이 있다. 이러한 설화집의 집성은 이후의 가마쿠라鎌倉시대에 그 전성기를 맞이하게 된다.

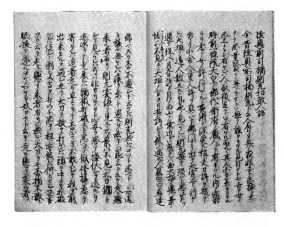

▎곤자쿠 모노가타리슈(『日本古典文学全集』21, 小学館, 1973)

< 『곤자쿠 모노가타리슈』 권제24-44, 아베노 나카마로, 당나라에서 와카를 읊은 이야기 >

지금은 옛날이지만, 아베노 나카마로라고 하는 사람이 있었다. 견당사로서 여러 가지를 배우게 하기 위해 그 나라로 가게했다. 수년이 지나도록 돌아오지 못하고 있었는데, 그 후 다시 일본에서 견당사로 간 [후지와라노 기요카와라고 하는 사람을 따라 귀국하려고, 명주라는 곳에 이르자 그 해안에서 당나라 사람이 송별연을 베풀어 주었다. 밤이 되어 밝은 달이 비치는 것을 보고, 왠지 고향이 생각나서 그립고 슬픈 마음이 들어, 일본을 바라보고,

넓은 하늘을 바라보니 달빛이 아름답구나 저 달은 가스가의 미카사 산에 떠 있던 달이로구나

라고 읊으며 눈물을 흘렸다.

이 이야기는 나카마로가 귀국하여 이야기한 것을 듣고 이렇게 전하는 것이다.

< 『今昔物語集』巻第24-44, 安陪仲磨於唐読和歌語 >

今昔、安陪仲磨ト云人有ケリ。遣唐使トシテ物ヲ令習ムガ為ニ、彼国ニ渡ケリ。数ノ年ヲ経テ、否返リ不来リ

▎아베노 나카마로(『百人一首』, 学研, 1985)

ケルニ、亦此国ヨリ□ト云フ人、遣唐使トシテ行タリケルガ、返リ来ケルニ伴ナヒテ、「返リナ
ム」トテ、明州ト云所ノ海ノ辺ニテ、彼ノ国ノ人餞シケルニ、夜ニ成テ月ノ極ク明カリケルヲ見
テ、墓無キ事ニ付テモ、此ノ国ノ事思ヒ被出ツ、恋ク悲シク思ヒケレバ、此ノ国ノ方ヲ詠メ
テ、此ナム読ケル、

　　アマノハラフリサケミレバカスガナルミカサノ山ニイデシツキカモ
　　ト云テナム泣ケル。
　　此レハ、仲丸此国ニ返テ語ケルヲ聞テ語リ伝ヘタルトヤ。

6. 요약

中古文学(古代後期, 平安時代, 王朝文学, 794~1192)

1) 詩歌
- 漢詩文의 流行：国風暗黒時代, 唐風謳歌時代
- 三勅撰漢詩集：『凌雲集』(814), 『経国集』(817), 『文華秀麗集』(818), 嵯峨天皇(786~842),
　　　　　　　　小野篁(802~852), 空海(774~835),
- 菅原道真(845~903)：『管家文草』, 『管家後集』
- 藤原明衡：『本朝文粋』(1058~65成立)
- 『古今和歌集』(紀貫之, 905)：最初의 勅撰和歌集, 二十巻, 千百余首, 心詞의 調和 第一
　　　　　　　　期：よみ人知らず時代, 　第二期：六歌仙時代, 　第三期：撰者時代
- 三代集：『古今集』, 『後撰集』(951), 『拾遺集』(1000頃)
- 八代集：三代集＋『後拾遺集』(1086), 『金葉集』(1127), 『詞花集』(1154), 『千載集』(1188),
　　　　『新古今和歌集』(1205)
- 私家集：『和泉式部集』(和泉式部), 『山家集』(西行)
- 歌論：『古今集仮名序』(紀貫之), 『新撰髄脳』(藤原公任), 『俊頼髄脳』(源俊頼),
　　　　『袋草子』(藤原清輔), 『古来風体抄』(藤原俊成)
- 歌合：「在民部卿家歌合」(9世紀末), 「寛平御時后宮歌合」(9世紀末), 「亭子院歌合」(913)
- 歌謡：神楽歌, 東遊歌, 催馬楽, 風俗歌 朗詠：『和漢朗詠集』(藤原公任),
　今様：『梁塵秘抄』(後白河院)

2) 物語

- 歌物語：『伊勢物語』(10世紀中頃),『大和物語』(950年頃),『平中物語』(10世紀中頃)
- 伝奇物語：『竹取物語』,『うつほ物語』(10世紀末中頃),『落窪物語』
- 『源氏物語』(紫式部, 11世紀初)：上記二系列의 物語를 集大成 ⇒「もののあはれ」의 世界

  三部構成(54帖) ⇒ 正編：主人公光源氏의 一生,   続編：光源氏의 子息, 薫と匂宮

  第一部 33帖：「桐壷巻」에서「藤裏葉巻」, 第二部 8帖：「若菜上巻」에서「幻巻」,

  第三部 13帖：「匂宮巻」에서「夢浮橋巻」

3) 日記와 随筆：女流日記文学이 隆盛

- 『土佐日記』(935年頃),『蜻蛉日記』(947年以後),『和泉式部日記』(1007年以後),

  『紫式部日記』(1010年頃),『更級日記』(1059年以後),『成尋阿闍梨母集』(平安後期),

  『讃岐典侍日記』(平安後期)
- 随筆：『枕草子』(清少納言, 1002) ⇒「をかし」의 世界

4) 後期物語와 説話

- 平安時代後期의 物語：『狭衣物語』(十一世紀後半),『夜の寝覚』,『浜松中納言物語』,

  　　　　　　　　　　　『とりかえばや物語』,『堤中納言物語』
- 歴史物語：『栄花物語』(1028～1092)

  四鏡：『大鏡』,『今鏡』(1170年頃),『水鏡』,『増鏡』
- 『日本霊異記』(822年頃),『三宝絵』(984),『打聞集』(1134年以前),『江談抄』(平安後期),

  『古本説話集』(1130年頃)
- 『今昔物語集』(1120年以後)：仏教説話와 世俗説話

  1000여 가지의 説話, 三十一巻 天竺(印度), 震旦(中国), 本朝(日本)

제3장
중세문학

스미요시 모노가타리 나라에혼(『王朝文学の流布と継承』 竜谷大学, 2008)

제3장
중세문학

1. 중세문학의 개관

　중세中世 문학의 시대는 미나모토노 요리토모源賴朝의 가마쿠라鎌倉 막부가 성립된 1192년부터 도쿠가와 이에야스德川家康에 의한 에도江戸 막부(1603)가 개설되기까지의 400여 년간이다. 그리고 중세는 정치의 중심이 어디에 있었느냐에 따라 다시 가마쿠라 시대, 남북조 시대, 무로마치室町 시대, 아즈치모모야먀安土桃山 시대로 나누어진다. 중세는 미나모토씨源氏와 다이라씨平氏의 오랜 전란 끝에 시작되었지만 빈번하게 정권교체가 일어났고, 귀족계급이 몰락하고 무사계급이 대두하면서 서민사회로 성장하는 전환기였다고 할 수 있다. 그리고 중

▌ 미나모토노 요리토모(『平家物語絵巻』, 平凡社, 1975)

세를 암흑기라고 할 정도로, 계속되는 전란으로 사람들은 세상을 허무하게 생각했고 문학에는 불교의 무상관이 배어 있다.

　가마쿠라 시대는 정치의 중심이 가마쿠라에 있었기 때문에 가마쿠라 막부幕府라 하는데, 12세기부터 14세기에 걸쳐 약 140년 간 이어진다. 미나모토노 요리토모(1147~99)의 가마쿠라 정권

미나모토노 요시쓰네(『平家物語絵巻』, 平凡社, 1975)

은 헤이씨를 멸망시킨 후, 조정으로부터 지방의 치안을 담당하는 슈고守護와 장원을 관리하는 지토地頭의 임명권을 획득하였다. 이어서 동북지방의 미나모토 요시쓰네와 후지와라씨를 타도하고 전국을 장악하여 1192년 조정으로부터 정이대장군征夷大将軍에 임명된다.

그러나 요리토모가 죽은 후 후계다툼이 일어나고 미나모토의 직계는 단절된다. 장군은 황족이나 후지와라씨가 임명되고, 미나모토의 처가인 호조北条 씨가 실질적인 권력을 행사하는 집권정치執権政治가 이루어진다. 고토바後鳥羽(1183~98) 상황은 조정의 실권을 회복하기 위해 막부와 대결하지만 실패하고 오키隠岐 섬으로 유배를 가게 되는데, 이 사건을 조큐承久의 난(1221)이라 한다. 이후 가마쿠라 막부는 원나라의 침입으로 사회 경제가 혼란해지고 막부의 권위는 추락했다.

남북조 시대는 14세기 초, 요시노吉野의 남조와 교토의 북조가 약60년 간 대립했던 시기이다. 고다이고後醍醐(1318~39) 천황은 친정을 수행하기 위해 1333년 가마쿠라 막부를 타도하고, 새로운 연호 겐무建武(1334)에 맞춰 무사계층보다 문신을 중시하는 신정新政을 펼치려고 했다. 이에 반발한 무사 아시카가 다카우지足利尊氏(1305~58)는 교토에 새로운 천황을 세우고 무로마치室町 막부를 창건했다. 이에 고다이고 천황은 요시노로 피신하게 되는데, 이 요시노 조정을 남조라 하고, 교토의 아시카가가 세운 왕조를 북조라 한다. 1338년 아시카가 다카우지는 북조의 천황으로부터 정이대장군에 임명되고, 1392년 3대 장군 요시미쓰義満(1358~1408) 대에 이르러 북조로 통일이 되고 전란은 종결된다.

교토 긴카쿠지

무로마치 시대는 남북조가 통일된 1392년부터 1573년 15대 장군 아시카가 요시아키足利義昭(1537~97)가 오다 노부나가織田信長(1534~82)에게 쫓겨날 때까지의 약 180년간이다. 특히 무로마치 막부 아시카가 요시미쓰 장군 대에는 중국 명나라와의 무역을 통해 산업이 발달했다. 그리고 교토 무로마치의 긴카쿠지金閣寺를 중심으로 무가와 귀족의 문화가 혼재된 특징을 나타내고, 노가쿠能楽와 같은 무대예술이 발달한다.

전국시대는 15세기 후반에서 16세기 후반에 걸쳐 전국의 다이묘들이 영토확장을 위해 전쟁을 벌였던 시기이다. 오닌応仁(1467)의 난[16) 이후 극심한 하극상의 전국시대가 시작되는데, 특히 오다 노부나가는 1576년 비와琵琶호 동쪽에 아즈치安土성을 쌓고 일본의 천하통일을 추진한다. 이후 도요토미 히데요시豊臣秀吉(1537~98)에 의해 일단 통일이 달성되지만, 1603년 세키가하라関ヶ原의 전투에서 승리한 도쿠가와 이에야스德川家康(1542~1616)가 정이대장군으로 임명되면서 에도江戸 막부가 시작된다.

중세 전기의 문학은 무사들에게 정권을 빼앗긴 귀족들이 헤이안 시대를 동경하는 와카와 전란을 배경으로 그린 군기 모노가타리, 일기, 수필 등이 있고, 후기에는 서민 독자를 대상으로 한 오토기조시와 무대 예술인 노가쿠 등이 나타난다. 전통의 와카는 가단이 분열되어 문학성은 점차 떨어져갔지만 가집은 계속해서 편찬되었다. 한편 와카의 여흥으로 가미노쿠上句 5, 7, 5와 시모노쿠下句 7, 7를 서로 번갈아 가며 읊는 렌가連歌가 크게 유행한다. 그리고 간아미観阿弥와 제아미世阿弥 부자에 의해 무대 예술인 노能와 교겐狂言이 새로이 등장했다.

중세의 대표적인 작품으로는 8대집의 마지막 가집인『신코킨 와카슈新古今和歌集』, 무사들의 전쟁 이야기인『헤이케 모노가타리平家物語』, 은둔자의 수필문학인『호조키方丈記』,『쓰레즈레구사徒然草』, 렌가집『쓰쿠바슈莵玖波集』가 나왔다. 또 서민이 문학의 전면에 나타난 오토기조시お伽草子와『우지슈이 모노가타리宇治拾遺物語』,『고콘초몬주古今著聞集』같은 설화문학이 나타났다.

2. 시가

1) 와카

오랜 전란 끝에 가마쿠라鎌倉 막부가 성립되어 관동지방의 무사들에게 정권을 빼앗긴 교토의 귀족들은 오히려 전통 문학인 와카에 몰입했다. 이 시대에 가단歌壇을 주도했던 사람은 고토바인後鳥羽院(1180~1239)을 비롯하여『센자이 와카슈千載和歌集』를 편찬했던 후지와라노 순제이藤原俊成(1114~1204), 순제이의 아들인 후지와라노 데이카藤原定家(1162~1241), 후지와라노 가류藤原家隆(1158~1237) 등이었다.

헤이안 시대 말에 성행했던 우타아와세歌合는 점점 그 규모가 커져서 1192년 후지와라노 요시쓰네藤原良経(1169~1206)는 순제이俊成를 한자判者로『롯퍄쿠반 우타아와세六百番歌合』(1193)를 개

---

16) 1467년부터 1477년 까지, 아시카가 장군가와 하타케야마畠山 씨의 가독 분쟁이 발단이 되어 동서 양쪽의 무사단이 벌인 전쟁.

79

▌ 우타아와세(『日本古典文学全集』51, 小学館, 1985)

최했다. 고토바인은 자신과 슌제이 등 10여명을 한자로 삼고, 30명이 100수씩 읊어 사상 최대의 1500번의 시합이 된 『센고햐쿠반 우타아와세千五百番歌合』(1201)를 개최했다. 이 두 번의 우타아와세에서 적용한 와카의 가론은 『신고킨 와카슈』시대의 실질적인 이론으로 정립되었다.

고토바인은 이어서 미나모토노 미치토모源通具(1171~1216), 후지와라노 데이카藤原定家, 후지와라노 이에타카藤原家隆(1158~1237), 자쿠렌寂蓮(1139~1201) 등 6명을 찬자撰者로 삼아 8대집의 마지막인 『신코킨 와카슈新古今和歌集』(1205)를 편찬한다. 고토바인은 자신도 직접 편찬에 참여하고, 조큐의 난으로 오키 섬隠岐島에 유배를 가게 되었을 때에도 가집의 개정에 관여했을 정도로 열정을 보였다고 한다. 『신코킨슈』는 전체 20권으로 약 2000수의 와카를 싣고 있다. 가제별 부다테部立는 『고킨슈』와 마찬가지로 가나조仮名序와 마나조真名序가 있고, 봄 2권, 여름夏, 가을 2권, 겨울冬, 축하賀, 애상哀傷, 이별離別, 여행羈旅, 사랑恋 1~5권 등으로 배열되어 있다. 대표가인으로는 사이교西行(1180~1190)의 와카가 94수로 가장 많고, 이어서 지엔慈円(1155~1225) 92수, 후지와라노 요시쓰네藤原良経(1169~1206) 79수, 후지와라노 슌제이 72수, 쇼쿠시 나이신노式子内親王(?~1201) 49수, 후지와라노 데이카 46수, 고토바인 33수 등이다.

『신코킨슈』의 가풍은 전기 헤이안 시대의 미의식을 완성한 것으로 현실의 체험보다는 고전주의와 관념적, 기교적인 기법으로 여정余情와 유현幽玄의 세계를 읊었다. 이러한 와카를 읊기 위한 수사법으로 혼카도리本歌取り[17], 쇼쿠기레初句切れ, 산쿠기레三句切れ, 다이겐도메体言止め[18], 조코토바序詞[19], 가케코토바掛詞, 엔고縁語 등 다양한 기법을 구사했다. 즉 『신코킨슈』는 권력의 기반을 잃은 귀족들이 와카에 몰입하여 절대적 미의 세계를 구축하려 했고, 현실의 복잡한 정취를 극도로 단순하게 다듬은 어법으로 자연과 인간을 조화시켜 상징적으로 표현했다. 특히 후지와라노 데이카는 아버지 슌제이의 '유현幽玄'을 더욱 심화시켜 '요염妖艶', '우신有心' 등의 몽환적 유미적 가풍을 확립했다.

---

17) 옛 와카의 취향이나 표현을 빌려 새로운 분위기를 창출해 내는 기법.
18) 제 5구인 끝을 명사로 끝맺는 기법.
19) 어떤 어구를 이끌기 위해 앞에 붙이는 표현으로 마쿠라고토바나 제1구와 같은 역할을 하지만 2 내지 4구로 구성됨.

<**칙찬팔대집일람**勅撰八代集一覧>

가집명	권수, 가수歌数	칙명자, 연도	대표찬자撰者	성립년도
1) 고킨 와카슈 古今和歌集	20권, 1100수	다이고醍醐 천황, 905년	기노 쓰라유키 紀貫之	914년경
2) 고센 와카슈 後撰和歌集	20권, 1426수	무라카미村上 천황, 951년	미나모토노 시타고 源順	미상
3) 슈이 와카슈 拾遺和歌集	20권, 1351수	가잔인花山院, 미상	가잔인 花山院	1005~06년경
4) 고슈이 와카슈 後拾遺和 歌集	20권, 1218수	사라카와白河 천황, 1078년	후지와라노 미치토시 藤原通俊	1086년
5) 긴요 와카슈 金葉和歌集	10권, 654수	사라카와인白河院, 1124년	미나모토노 도시요리 源俊頼	1127년
6) 시카 와카슈 詞花和歌集	10권, 409수	스토쿠인崇德院, 1144년	후지와라노 아키스케 藤原顕輔	1151~54년
7) 센자이 와카슈 千載和歌集	20권, 1284수	고시라카와인後白河院, 1183년	후지와라노 도시나리 藤原俊成	1187년
8) 신코킨 와카슈 新古今和歌集	20권 1978수	고토바인後鳥羽院, 1201년	후지와라노 사다이에 藤原定家	1205년

<『신고킨 와카슈』가나 서문>

야마토우타는 옛날 천지가 개벽하여 사람의 행위가 아직 확정되지 않았을 때부터, 일본의 노래로 이나다히메가 살았던 스가 마을에서 전해졌다고 한다. 그 때 이래로 와카의 길이 번창하고 그 흐름은 오늘날까지 끊임이 없고, 연애에 열중하고 마음속을 이야기하고 호소하는 형태로, 세상을 통치하고 백성의 마음을 위무하는 길이 되었다.

<『新古今和歌集』仮名序>

やまと歌は、昔、天地開け始めて、人のしわざいまだ定まらざりし時、葦原の中つ国の言の葉として、稲田姫、素鵞の里よりぞ伝はれりける。しかありしよりこのかた、その道盛りに興り、その流れ今に絶ゆることなくして、色にふけり心をのぶるなかだちとし、世を治め民をやはらぐる道とせり。

백수의 노래를 노래를 바쳤을 때, 봄의 노래 (권제1-3, 봄상, 쇼쿠시나이신노)
깊은 산속이라 봄인 줄도 모르는 소나무 문에 드문드문 떨어지는 눈 녹은 물방울

百首の歌奉りし時、春の歌 (巻第1-3, 春上, 式子内親王<ruby>式子内親王<rt>しよくしないしんわう</rt></ruby>)

山深み春とも知らぬ松の戸にたえだえかかる雪の玉水

신하들이 한시를 읊어 와카와 대비했을 때, '수향춘망'이라는 제목을 (권제1-38, 봄상, 태상천황 고토바인)

바라다보니 산기슭에 안개 자욱한 미나세 강 왜 저녁 무렵은 왜 가을만 생각하나

をのこども詩を作りて歌に会せ侍りしに、水郷春望といふことを (巻第1-38, 春上, 太上天皇)

見わたせば山もとかすむ水無瀬川夕べは秋となに思ひけむ

사이쇼 사천왕원의 장지에 요시노 산을 그린 곳 (권제2-133, 봄하, 태상천황 고토바인)

요시노 산의 높은 봉우리에 벚꽃이 진다 폭풍우도 새하얀 봄날의 새벽녘

<ruby>最勝四天王院<rt>さいしようしてんわうゐん</rt></ruby>の<ruby>障子<rt>さうじ</rt></ruby>に、<ruby>吉野<rt>よしの</rt></ruby>山かきたる所 (巻第2-133, 春下, 太上天皇)

み吉野の<ruby>高嶺<rt>たかね</rt></ruby>の桜散りけり<ruby>嵐<rt>あらし</rt></ruby>も白き春のあけぼの

┃ 사이교 법사(『百人一首』, 学研, 1985)

<『신코킨 와카슈』 권제4 가을 상, 저녁을 읊은 노래 세 가지>

쓸쓸함이란 그 색이 어떻다는 것은 아니다. 노송나무가 서있는 가을의 저녁 무렵 (361, 자쿠렌 법사)

출가한 사람도 사물의 정취는 알 수 있다. 도요새가 나는 늦 가을의 저녁 무렵 (362, 사이교 법사)

바라다보니 벚꽃도 단풍도 모두 없구나. 바닷가 뜸 지붕에 쓸쓸한 가을 무렵 (363, 후지와라노 데이카 아손)

<『新古今和歌集』卷第四 秋上, 三夕の和歌>

寂しさはその色としもなかりけり槇立つ山の秋の夕暮　(361, 寂蓮法師)

心なき身にもあはれは知られけり鴫立つ沢の秋の夕ぐれ　(362, 西行法師)

見わたせば花も紅葉もなかりけり浦のとま屋の秋の夕暮 (363, 藤原定家朝臣)

『신코킨슈』는 관동지방의 무사들에게도 영향을 미쳐, 가마쿠라의 3대 장군 미나모토노 사네토모源実朝(1192~1219)는 정치보다 와카의 세계에 몰입하여『긴카이 와카슈金槐和歌集』를 편찬했다. 사네토모는 만요조万葉調의 가풍으로 뛰어난 와카를 읊어 근대의 마사오카 시키正岡子規 등이 높이 평가했다. 그리고 후지와라노 데이카가 오구라小倉 산의 별장에서 선집한『오구라 햐쿠닌잇슈小倉百人一首』(1235년경)는『고킨슈』에서『쇼쿠고센슈統後撰集』까지의 칙찬집에서 백 명의 노래를 한 수씩 모은 엔솔러지이다.『햐쿠닌잇슈』는 에도 시대부터 노래 카드로 만들어져 일본 문예에 큰 영향을 주었고, 이후 이를 모방한 백수의 가집도 여러 종류 편찬된다.

9번째 칙찬집『신초쿠센 와카슈新勅撰和歌集』(1235)는 후지와라노 데이카가 편찬했는데, 3대 장군이었던 미나모토노 사네토모源実朝 등 무사들의 노래를 많이 싣고 있다. 이어서 후지와라 다메이에藤原為家(1198~1275)는 10번째 칙찬집인『쇼쿠고센 와카슈統後撰和歌集』(1251)와 11번째 칙찬집인『쇼쿠코킨 와카슈統古今和歌集』(1265)를 편찬한다. 이후 가집의 편찬은 가단의 분열로 인해 형식주의로 흐르면서 질적으로는 쇠퇴일로를 걷게 된다. 데이카의 아들 다메이에가 죽자 잡안은 토지상속의 문제 등으로 가계와 가단은 니조 다메우지二条為氏(1222~86), 교고쿠 다메노리京極為教(1227~79), 레이제이 다메스케冷泉為相(1263~1328)의 세 집안으로 나누어진다. 니조가二条家의 가풍은 보수적이며, 교고쿠가京極家는 자유롭고 혁신적이며, 레이제이가冷泉家는 중간 정도의 가풍이었다. 세 집안으로 분열된 가단은 주도권을 놓고 서로 경쟁적으로 칙찬집勅撰集을 편찬했다.

<『긴카이 와카슈』>

하코네 산길을 넘어오니 파도가 몰려오는 작은 섬이 보인다. '여봐라, 저 바다의 이름을 아느냐.'라고 물으니, '이즈의 바다라 합니다.'라 답하는 것을 듣고 (639, 미나모토노 사네토모)

하코네 산길을 넘어오니 이즈의 바다가 보이고 작은 섬에는 흰 파도가 밀려온다

箱根の山をうち出で見れば、波の寄る小島あり。「供のものに、此うらの名はしるや」とたづねしかば、「伊豆のうみとなむ申す」とこたへ侍りしをききて (639, 源実朝)

箱根路をわれこえくれば伊豆のうみや沖の小島に波の寄る見ゆ

<『교쿠요 와카슈』 여름>

대나무 숲이 무성해 아침 햇살 덜 비추니 그 속은 한층 시원하구나 (419, 교교쿠 다메카네)

枝にもる朝日の影のすくなきにすずしさふかき竹の奥かな (419, 京極為兼)

<『후가 와카슈』>

백수가 중에서 (129, 태상 천황 고곤인)

제비가 발 저편에 많이 날아와 있고 봄날은 한가롭고 햇살 여유롭구나

百首歌の中に (129, 太上天皇 光厳院)

つばくらめすだれの外にあまた見えて春日のどけみ人かげもせず

『신코킨슈』이후 편찬된 13개 칙찬집을 13대집十三代集이라 하는데, 그 수준은 현격하게 떨어진다. 그 중에서 교고쿠 다메카네京極為兼가 편찬한 『교쿠요 와카슈玉葉和歌集』(1312)와 고곤인光厳院의 『후가 와카슈風雅和歌集』(1349)는 자연을 관조하는 참신한 감각의 서정가가 뛰어난 가집이다. 그리고 남북조 무렵부터는 이마카와 료슌今川了俊(1326~1420?)과 그 문하인 쇼테쓰正徹(1381~1459)와 같은 승려와 무사들의 활약이 많았다. 이후 와카는 지방의 무사들에게도 보급되지만 고킨덴쥬古今伝授[20)와 같은 형식주의가 중시되면서 점차 생명력을 잃어간다. 칙찬 가집의 마지막은 21번째로 아스카이 마사요飛鳥井雅世가 편찬한 『신쇼쿠코킨슈新続古今和歌集』(1439)이다.

2) 렌가

렌가連歌는 와카의 가미노구上句 5・7・5와 시모노구下句 7・7을 각각 다른 사람이 읊어 증답하거나 창화唱和하는 문예이다. 그 유래는 『고지키』에서 야마토다케루노미코토倭建命가 '니이바리의 쓰쿠바 고을을 지나 몇 날 밤을 잤는가.新治筑波を過ぎて幾夜か寝つる'라고 읊자, 미히타키노오키나御火焼の老人가 '날을 세어보니 밤은 아홉 밤, 낮은 열흘이 됩니다.日々並べて夜には九夜日には十日を'라고 답한 가요의 증답이다. 와카의 가체인 5・7・5와 7・7로 읊은 최초의 렌가는, 『만요슈』1639번에서 비구니와 오토모노 야카모치가 증답한 노래이다. 칙찬집으로는 『긴요 와카슈』에 처음으로 「렌가連歌」부가 설정된다.

처음 형식은 5・7・5와 7・7을 한 번 읊는 단렌가短連歌였으나, 점차 몇 구를 이어서 읊는 초렌가長連歌(鎖連歌)가 만들어진다. 가마쿠라 시대가 되면 와카의 여흥으로 후지와라노 데이카를 비롯한 『신고킨 와카슈』의 가인들도 렌가회連歌会를 열어 렌가를 읊게 된다. 이러한 당상堂上[21) 귀족들

---

20) 『古今集』의 난해한 대목을 해석함에 있어 비전을 전수함.

의 와카적 정취를 담은 우아한 렌가를 우신 렌가有心連歌라
하고, 해학적인 기지를 담은 렌가를 무신 렌가無心連歌(栗本連
歌)라고 한다. 이후 렌가는 점차 성행되어 무사, 승려, 일반
서민들에게도 보급되었고, 벚나무 아래에 모여 덴가쿠田楽
나 사루가쿠猿楽를 즐기거나 렌가를 읊는 것이 가장 전형
적인 유희의 하나였다.

렌가는 남북조 시대에 들어서 북조의 중신으로 섭정 관
백을 역임한 니조 요시모토二条良基(1320~88)에 의해 완
성된다. 그는 규세이救済(1282~1376)를 스승으로 삼아
최초의 렌가집인『쓰쿠바슈莵玖波集』(1357) 20권을 편찬하
여 렌가를 와카와 대등한 지위를 획득하게 한다. 이어서
요시모토는『렌가신시키連歌新式』(1371),『쓰쿠바몬도筑波
問答』(1372) 등에서 렌가의 제 규칙을 만들었고, 무로마치
시대의 신케이心敬(1406~1476?)는『사사메고토ささめごと』
(1463년경) 등에 렌가의 예술론을 기술했다. 신케이의 제자
소기宗祇(1421~1502)는 렌가집『치쿠린쇼竹林抄』(1476),
『신센쓰쿠바슈新撰莵玖波集』(1495), 렌가론서『아즈마몬도
吾妻問答』(1470)를 편찬하여 '유현幽玄과 우신有心'의 예술성
을 확립했다. 소기는 제자 쇼하쿠肖柏(1443~1527)와 소초
宗長(1448~1532)와 함께 읊은 백구百句의 렌가『미나세산
긴햐큐인水無瀬三吟百韻』(1488)은 최고걸작으로 일컬어진다.

소기(『日本古典文学全集』 32, 小学館, 1973)

소기 이후 렌가는 규칙에 얽매어 형식에 치우쳐 우스꽝스러운 유희 중심의 하이카이렌가俳諧連
歌가 유행하게 되었다. 야마자키 소칸山崎宗鑑(생몰년 미상)의『이누쓰쿠바슈犬筑波集』(1532년경),
아라키다 모리다케荒木田守武(1473~1549)의『모리타케센쿠守武千句』(1540년경) 등은 이러한 하이
카이렌가를 모은 가집이다. 이러한 비속하고 우스꽝스러운 하이카이렌가의 홋쿠発句는 근세의
하이카이俳諧(俳句)로 계승된다.

〈『미나세산긴햐큐인』 첫 8구〉

1. 잔설 남은 채 산기슭 봄 안개 낀 저녁 무렵에 　　　　　　　　(소기)

---

21) 堂上貴族은 전상에 오를 수 있는 5위 이상의 귀족. 지게地下는 일반 서민.

2. 흘러가는 물 멀리 매화 향 가득한 마을　　　　　　　　(쇼하쿠)

3. 강바람에 한줄기 버드나무에 봄기운이 보이네　　　　　(소초)

4. 배 젓는 소리도 선명한 새벽 무렵　　　　　　　　　　(소기)

5. 달빛은 아직 안개 자욱한 밤에 남아 있겠지　　　　　　(쇼하쿠)

6. 서리 내린 들판에 가을색이 깊었네　　　　　　　　　　(소초)

7. 우는 풀벌레들은 아랑곳없이 풀은 마르고　　　　　　　(소기)

8. 울타리 찾아가니 황량한 길만 보이네　　　　　　　　　(쇼하쿠)

<『水無瀬三吟百韻』初折表>

1. 雪ながら山もとかすむ夕かな　　　　　　　　　　　　(宗祇)

2. 行く水とほく梅にほふさと　　　　　　　　　　　　　(肖柏)

3. 川風に一むら柳春見えて　　　　　　　　　　　　　　(宗長)

4. 舟さす音もしるきあけがた　　　　　　　　　　　　　(祇)

5. 月や猶霧渡る夜に残るらん　　　　　　　　　　　　　(柏)

6. 霜おく野はら秋は暮れけり　　　　　　　　　　　　　(長)

7. なく虫の心ともなく草かれて　　　　　　　　　　　　(祇)

8. かきねをとへばあらはなるみち　　　　　　　　　　　(柏)

<『신센이누쓰쿠바슈』>

안개가 자욱하니 옷자락이 젓었네
사호히메가 입춘 날 서서 오줌을 저려

<『新撰犬筑波集』>

かすみのころもすそはぬれけり
佐保姫[22]の春たちながら尿をして

3) 가요와 한시문

　중세에는 헤이안 시대에 유행했던 이마요今様에 이어서 갖가지 가요가 나타난다. 무사들이 애호한 엔교쿠宴曲(早歌), 불교 가요인 와산和讃이 있었고, 무로마치 시대에는 고우타小歌가 유행한다. 편자 미상의 『간긴슈閑吟集』(1518)는 고우타를 중심으로 민간의 통속적인 노래를 모은 가집인데, 7. 5조가 기조이고, 311수 중 사랑의 노래가 전체의 약 60%이다.

　선종의 승려들이 중국과 교류하며 고잔五山[23]을 중심으로 한시문이 성행했는데, 이를 고잔 문

---

22)　佐保姫는 봄을, 다쓰다히메竜田姫는 가을을 관장하는 여신이다. 平城京의 동쪽에는 佐保山, 서쪽에는 竜田山가 있다.

학이라 한다. 대표적인 승려와 작품으로는 잇큐一休(1394~1481)의 『교운슈狂雲集』, 『쇼쿠교운슈続狂雲集』등이 있다. 이러한 한시문은 근세 유학과 한학으로 이어진다.

<『간긴슈』>
꽃과 같은 그녀의 허리끈을 풀면 좋은 일이 있지요. 버들가지처럼 헝클어진 내 마음 잊을 수가 없어요. 흐트러진 머리칼 귀여운 당신 (1)
너무나 말을 걸고 싶었기에, 저것 보세요. 하늘을 가는 구름이 참 빠르군요 (235)

<『閑吟集』>
花の錦の下紐は　解けてなかなかよししなや　柳の糸の乱れ心　いつ忘れうぞ　寝乱れ髪の面影 (1)
余りの言葉のかけたさに　あれ見さいなう　空行く雲の速さよ (235)

4) 가론과 렌가론

중고시대 이래 와카의 시합인 우타아와세가 성행하면서 한자判者를 맡은 가단의 지도자들은 가론서歌論書를 기술했다. 특히 후지와라노 슌제이는 쇼쿠시 나이신노式子内親王의 요청으로 『고라이후테이쇼古来風体抄』(1197)를, 후지와라노 데이카는 『긴다이슈카近代秀歌』(1209)와 『마이게쓰쇼毎月抄』(1219), 가모노 초메이賀長明는 『무묘쇼無名抄』(1211년경)를 기술했다. 이 외에도 고토바인의 『고토바인고쿠덴後鳥羽院御口伝』, 쇼테쓰正徹(1381~1459)의 『쇼테쓰 모노가타리正徹物語』등이 있다.

렌가에 관한 이론서를 렌가론서連歌論書라고 하는데, 니조 요시모토二条良基의 『쓰쿠바몬도筑波問答』, 『오안신시키応安新式』, 소기의 『아즈마몬도吾妻問答』 등이

▌슌제이, 데이카, 다메이에 3부자(『冷泉家の至宝展』, NHK, 1997)

있다. 이러한 가론과 렌가론서는 근세 하이카이 이론인 하이론俳論에 절대적인 영향을 미친다.

---

23) 가마쿠라의 겐초지建長寺, 엔카쿠지円覚寺 등 다섯 개 사찰, 교토의 덴류지天竜寺, 쇼코쿠지相国寺 등 다섯 사찰.

<후지와라 슌제이, 『고라이후테이쇼』 서문>

와카의 기원, 그 전해진 기원은 얼마나 먼 길인가. 신대로부터 시작하여 일본의 말이 된 이래로, 와카로 표현된 세계는 자연히 인간의 제상에 이르고 표현에 사용된 시구는 영구히 쇠하지 않는다. 그 『고킨슈』의 서문에서 이야기하듯이 사람의 마음을 소재로 여러 가지 노래가 되었기에 봄꽃을 찾고 가을의 단풍을 보아도, 꽃의 색깔이나 향기와 같은 원래의 미의식을 느끼는 사람도 없을 것이다. 만약 노래라는 것이 없었다면 대체 무엇을 미의 본질로 이해할 수가 있을까. (중략) 노래의 본질은 단지 『고킨슈』를 존경하고 믿어야 하는 것이다.

<藤原俊成『古来風躰抄』序>

倭歌の起り、そのきれたること遠いかな。千早振^{ちはやぶる}神代よりはじまりて、敷島^{しきしま}の国のことわざとなりにけるよりこのかた、その心おのづから六義^{りくぎ}にわたり、そのことば万代に朽ちず。かの古今集の序にいへるがごとく、人の心を種としてよろづの言の葉となりにければ、春の花をたづね、秋の紅葉を見ても、歌といふものならましかば、色をも香をも知る人もなく、なにをかは本の心ともすべき。(中略) 歌の本躰には、ただ古今集を仰ぎ信ずべき事なり。

<후지와라 데이카, 『마이게쓰쇼』 말과 마음>

또 와카에 있어서 중요한 것은 말의 사용법일 것이다. 말에는 강약대소가 있을 것이다. (중략) 그래서 돌아가신 아버지(슌제이)도 '마음을 기본으로 하여 그 마음에 맞게 말을 선택하라.'는 말씀을 남기셨다. 어떤 사람이 꽃과 열매의 관계를 와카에 비유했을 때, '옛날의 와카는 모두 열매만 있고 꽃을 잊고 있으며, 근대의 와카는 꽃에만 신경 쓰고 열매는 전혀 주목하지 않는다.'라고 지적했다. (중략) 결국 마음과 말을 겸비한 것을 좋은 와카라고 할 수 있을 것이다. 마음과 말 두 가지는 새의 좌우 날개와 같은 관계라 생각된다. 즉 마음과 말 두 가지를 겸하는 것이 이상적이지만 이것이 불가능 하다면 마음이 결여된 것보다는 말익 사용이 능숙하지 않은 와카를 선택해야 할 것이다.

▌ 후지와라 데이카 (『冷泉家の至宝展』, NHK, 1997)

<藤原定家『毎月抄』詞と心>

また、歌の大事は詞^{ことば}の用捨にて侍るべし。詞につきて強弱大小候べし。(中略) されば、「心を本として詞を取捨せよ」と亡父卿^{まうぶきやう}も申し置き侍りし。或人^{あるひと}、

花実の事を歌にたて申して侍るにとりて、「古の歌は皆実を存して花を忘れ、近代の歌は花を
のみ心にかけて実には目もかけぬから」と申しためり。(中略)　所詮心と詞とを兼ねたらむをよ
き歌と申すべし。心・詞の二つは鳥の左右のつばさの如くなるべきにこそとぞ思う給へ侍りけ
る。ただし、心・詞の二つを共に兼ねたらむはいふに及ばず、心の欠けたらむよりは詞のつた
なきにこそ侍らめ。

3. 모노가타리

1) 의고 모노가타리

중세의 귀족들이 『겐지 모노가타리』와 같은 왕조 시대의 모노가타리를 동경하여 모방하거나
개작한 작품을 의고 모노가타리擬古物語라고 한다. 예를 들면 『겐지 모노가타리』의 영향을 받은
『고케노코로모苔の衣』, 『와가미니타도루히메기미わが身にたどる姫君』, 계모학대담 『스미요시 모노가
타리住吉物語』(가마쿠라 초기), 무대를 중국에 둔 『마쓰라노미야 모노가타리松浦宮物語』(가마쿠라
초기), 무사를 주인공으로 삼은 『이와시미즈 모노가타리岩清水物語』(1271년경) 등이 있다. 모노가
타리 평론서인 『무묘조시無名草子』(1201)나 『후요 와카슈風葉和歌集』(1271)에는 수많은 모노가타리
의 제목이 많이 나열되어 있지만 현존하는 것은 극소수이며 그나마 남아있는 것도 작자미상인
경우가 많다.

『마쓰라노미야 모노가타리』는 후지와라노 데이카藤原定家의 작품이라는 설도 있지만 확실하지
는 않다. 이 작품은 주인공 우지타다氏忠의 일대기를 다룬 것으로 간나비神奈備공주와 사랑이 실패
하자 중국으로 건너가 그곳에서 악기의 비법을 전수받고 당나라의 공주와 사랑에 빠졌다가 일
본에 돌아와 출세한다는 줄거리이다. 이 작품에서 당나라의 공주로부터 악기의 비법을 전수받
는 장면 등은 헤이안시대의 『우쓰호 모노가타리うつほ物語』의 패러디이고, 중국과 일본에 걸쳐 여
러 가지 다른 형태의 삶을 보이고 있는 것 등은 『하마마쓰추나곤 모노가타리浜松中納言物語』의 영향
이라는 점에서 기코 모노가타리로 분류한다.

『스미요시 모노가타리住吉物語』는 헤이안 시대에 유포되던 비슷한 이야기를 가마쿠라 시대에
새로이 편집한 것이다. 내용은 어느 귀족의 딸이 어머니가 죽고 계모의 장난으로 구혼자가 많은
데도 결혼이 번번이 성사되지 않자 스미요시住吉로 피난을 갔는데, 그곳으로 찾아온 구혼자를 만
나 행복한 결혼생활을 하고 계모는 결국 죽고 만다는 이야기이다. 이 이야기는 전 세계적으로 유

포된 소위 신데렐라 화형이다. 『오치쿠보 모노가타리落窪物語』와 『겐지 모노가타리』의 다마가쓰라玉鬘 이야기 등을 패러디한 기코 모노가타리의 대표작이다. 이 화형은 여기서 끝나지 않고 다양한 형태로 개작되어 전국적으로 유포되어 나중에 오토기조시お伽草子에도 비슷한 내용 및 구성을 지닌 작품들이 많이 나타나게 된다.

『고케노코로모苔の衣』는 이름에 나타나 있듯이 출가 및 은둔에 관한 모노가타리이다. 삼대에 걸친 귀족의 연애 이야기로 장편이고 내용의 구성이 『겐지 모노가타리』 '우지주조宇治十帖'의 영향이 현저하지만 전체적으로 어둡고 슬픈 분위기가 지배적이다. 또한 주인공이 은둔을 하거나 신이나 부처의 가호로 병이 낫는 얘기 등은 중세 문학의 특징이 잘 나타나 있다고 할 수 있다.

<『무묘조시』 서>

83년의 세월을 하는 일 없이 지내버린 것을 생각하면 대단히 슬퍼다. 어쩌다가 사람으로 태어난 추억으로 사후에 기념할 만한 것도 없고 생애가 끝날 것 같은 쓸쓸함에, 머리를 깎고 옷을 검게 물들이고 형식적으로나마 불도에 입문은 했지만 마음은 이전과 전혀 다름이 없다. (중략)

"그런데 이 『겐지 모노가타리』를 만들어 낸 것은 아무리 생각해도 현세에서만이 아니라 진귀한 전생으로부터의 인연이라 생각합니다. 정말 신불에 기원한 영험이라 생각합니다. 그 이후의 모노가타리는 생각해보면 대단히 쉬웠을 것입니다. 『겐지 모노가타리』를 선례(지식)로 만들면, 『겐지 모노가타리』보다 더 훌륭한 작품을 만들어 내는 사람도 있을 것입니다. 그런데 겨우 『우쓰호』, 『다케토리』, 『스미요시』 정도의 모노가타리를 읽고 그만한 걸작을 창작한 것은 보통의 사람이 할 수 있는 일이 아니라 생각됩니다."

| 이시야마데라의 무라사키시키부
(『紫式部と石山寺』, 石山寺, 1992)

<『無名草子』序>

八十あまり三年の春秋、いたづらにて過ぎぬることを思へば、いと悲しく、たまたま人と生まれたる思ひ出でに、後の世の形見にすばかりのことなくてやみなむ悲しさに、髪を剃り、衣を染めて、わづかに姿ばかりは道に入りぬれど、心はただそのかみに変はることなし。(中略)

「さても、この『源氏』作り出でたることこそ、思へど思へど、この世一つならずめづらかにおぼほゆれ。まことに、仏に申し請ひたりける験しやとこそおぼゆれ。それより後の物語は、思へばいとやすかりぬべきものなり。かれを才覚にて作らむに、『源氏』にまさりたらむことを作り出だす人もありなむ。わづかに『うつほ』『竹取』『住吉』などばかりを物語とて見けむ心地に、さばかりに作り出でけむ、凡夫のしわざともおぼえぬことなり」

2) 역사 모노가타리와 사론

『오카가미』 이후의 역사 모노가타리는 『이마카가미』, 『미즈카가미水鏡』(12세기말), 『마스카가미增鏡』(14세기중엽) 등이 있는데, 이 4권의 가가미 시리즈를 시카가미四鏡라고 한다. 『이마카가미』는 1034년부터 1170년까지의 137년간, 『미즈카가미』는 『오카가미』의 앞을 보충한다는 의도로 1대의 진무神武 천황으로부터 54대 닌묘仁明(833~850) 천황 때까지, 『마스카가미增鏡』는 1180년부터 1333년까지의 약 154년간의 역사를 각각 우아한 왕조문학의 가나 문체로 기술하고 있다. 이 이외에도 지엔慈円은 일본 최초의 역사론 『구칸쇼愚管抄』(1220년경)를, 기타바타케 치카후사北畠親房는 『진노쇼토키神皇正統記』(1339)에서 남조의 정통성을 기술했다.

3) 군기 모노가타리

중세의 전란은 황위계승이나 귀족들의 정쟁에 미나모토씨源氏와 다이라씨平氏의 무사단들이 동원되었기 때문에 많은 군기 모노가타리가 기술되었다. 중고 시대의 『쇼몬키』와 『무쓰와키』와 같은 군담은 한문체로 기록성이 중시된 작품이었다. 이에 비해 중세의 군기 모노가타리軍記物語는 전란의 추이와 양상, 작자의 체험 등을 문학적으로 리얼하게 묘사하고 있다. 문체는 한문과 속어를 섞어 사용한 힘찬 화한혼효문和漢混淆文이고, 처음에는 구두로 전승되었기 때문에 문자로 기록이 되었을 때에는 수많은 이본異本이 발생하게 되었다.

중세의 본격적인 군기 모노가타리는 호겐保元(1156)의 난과 헤이지平治(1159)의 난을 소재로 한 『호겐 모노가타리保元物語』와 『헤이지 모노가타리平治物語』를 들 수 있다. 『호겐 모노가타리』는 스토쿠인崇德院과 고시라카와後白河

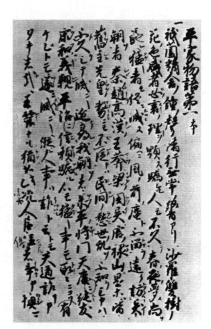

헤이케 모노가타리 엔교본延慶本(『平家物語絵卷』, 平凡社, 1975)

▍ 헤이케 모노가타리, 이치노타니 전투(『平家物語絵巻』,
平凡社, 1975)

천황의 황위계승과 귀족들 사이의 정쟁에서, 천황의 승리를 이끈 미나모토노 다메토모源為朝의 초인적인 전투 양상을 기술했다. 『헤이지 모노가타리』에서는 미나모토노 요시토모源義朝(1123~60), 아쿠겐타 요시히라惡源太義平(1141~60)와 다이라노 기요모리平清盛(1118~81), 시게모리重盛(1138~79) 등의 전쟁 양상과 패배한 미나모토씨의 말로를 그리고 있다. 두 작품 모두 3권 체제로 비슷하고 전승 과정에서 『헤이케 모노가타리平家物語』에도 영향을 주었을 것으로 보인다.

군기 모노가타리 중에서 가장 뛰어난 작품인 『헤이케 모노가타리』는 지쇼治承 4년(1180) 미나모토씨의 거병으로 다이라씨가 멸망하고, 1192년 미나모토노 요리토모源頼朝(1147~99)가 정이대장군征夷大将軍으로 임명되기까지의 전란을 그리고 있다. 호겐·헤이지의 난이 주로 헤이안(교토)을 중심으로 전투가 벌어졌다면, 이 전란은 거의 일본 전국을 전장으로 싸웠고, 미나모토씨와 다이라씨는 무사단끼리의 전쟁이었다. 『헤이케 모노가타리』는 약 20년에 걸친 다이라씨의 번영과 멸망 과정에서 미나모토씨인 미나모토노 요시나카源義仲(1154~84), 요시쓰네義経(1159~89)를 비롯한 영웅들의 갈등과 전쟁이 모두 허무하다는 불교적 무상관으로 일관하고 있다. 그리고 전장에서 서로 맞서 싸우는 무사들의 모습과 그들 사이에서 우왕좌왕하는 여성들의 애화를 현장감 있게 묘사하고 있다.

『헤이케 모노가타리』는 헤이쿄쿠平曲라고 하여 맹인이 비파 반주에 맞추어 읊는 식으로 감상되는 과정에서 많은 이본이 만들어졌지만 현존하는 것과 같은 세련된 문체의 작품으로 완성되었다. 그리고 『헤이케 모노가타리』의 작자에 대해 『쓰레즈레구사徒然草』 126단에는 시나노信濃의 전임 국사 유키나가行長라고 하는 등 많은 가설이 있으나 확정되지 않았고, 체제도 12권과 권말에 간조노마키灌頂巻가 있는 것이 보통이지만, 전체 작품이 6권, 20권, 48권 등으로 일정하지 않다. 『겐페이조스이키源平盛衰記』(12세기 말)는 많은 이야기꾼과 독자들의 손을 거치면서 만들어진 『헤이케 모노가타리』 이본 중의 하나로 볼 수 있다.

<『헤이케 모노가타리』권제1, 기원정사>

기원정사의 종소리는 제행무상의 울림으로 들리고, 석가가 입멸할 때 흰색으로 변했다고 하는 사라쌍수의 꽃 색깔은 성자필멸의 이치를 나타낸다. 권세를 자랑하는 사람도 오래 지속되지 못한다. 그것은 단지 봄날 밤의 꿈과 같은 것이다. 용맹한 자도 결국에는 멸망하고 만다. 그것은 실로 바람 앞의 먼지와 같다. 멀리 중국의 예를 살펴보면 주나라의 조고, 한나라의 왕망, 양나라의 주이, 당나라의 안록산 등, 이들은 모두 원래의 주군이나 선대 황제의 정치에도 따르지 않고, 향락을 일삼고 주위의 간언도 새기지 않고, 나라 전체가 혼란해질 것을 깨닫지 못하고, 백성들의 탄식을 돌보지 않았기 때문에 오래 가지 못하고 멸망해 버린 사람들이다. 가까이 일본의 예를 보면, 쇼헤이(935)의 다이라노 마사카도, 덴교(940)의 후지와라노 스미토모, 고와(1100)의 미나모토노 요시치카, 헤이지(1159)의 후지와라노 노부요리, 이 사람들은 권세를 자랑하는 것도 용맹한 것도 모두 보통이 아니었지만, 아주 최근에는 로쿠하라의 출가한 전 태정대신 다이라노 아손 기요모리 공이라고 하는 분, 그 전해들은 이야기들은 상상할 수도 없고 말로 다 표현할 수 없을 정도이다.

그 조상을 찾아보면 간무 천황의 제5 황자 일품 시키부쿄 가즈라하라 황자의 9대손 사누키의 수령 마사모리의 손자이고 효부쿄 다다모리 아손의 적자이다.

<『平家物語』巻第一 祇園精舍>

祇園精舍の鐘の声、諸行無常の響きあり。娑羅双樹の花の色、盛者必衰の理をあらはす。おごれる人も久しからず。ただ春の夜の夢のごとし。たけき者もつひには滅びぬ、ひとへに風の前の塵に同じ。遠く異朝をとぶらへば、秦の趙高、漢の王莽、梁の朱异、唐の禄山、これらは皆旧主先皇の政にも従はず、楽みをきはめ、いさめをも思ひいれず、天下の乱れむことをさとらずして、民間の愁ふるところを知らざつしかば、久しからずして、亡じにし者どもなり。近く本朝をうかがふに、承平の将門、天慶の純友、康和の義親、平治の信頼、これらはおごれる心もたけきことも、皆とりどりにこそありしかども、まぢかくは六波羅の入道前太政大臣平朝臣清盛公と申しし人のありさま、伝へ承るこそ、心もことばも及ばれね。

其先祖を尋ぬれば、桓武天皇第五の皇子、一品式部卿葛原親王九代の後胤、讃岐守正盛が孫、刑部卿忠盛朝臣の嫡男なり。

『다이헤이키太平記』는 고다이고後醍醐 천황의 겐무신정建武新政(1333)과 이어지는 남북조의 대립, 북조 무로마치 막부의 아시카가 요시미쓰足利義満에 이르기까지 50여 년의 전란을 그리고 있다. 『다이헤이키』의 작자는 고지마호시小島法師라고 전해지고 있지만, 전체 40권의 내용에 사상과

헤이케 모노가타리, 기요모리의 열병(『平家物語絵巻』, 平凡社, 1975)

서술의 일관성이 없어 여러 사람에 의해 전승되었을 것으로 추정된다. 『다이헤이키』는 화한혼효문의 화려한 기행문체道行文로 근세에는 다이헤이키 요미太平記読み에 의해 강독되었다. 특히 남조의 장군 구스노키 마사시게楠正成는 미나토가와湊川(지금의 神戸市)의 전투에서 살아남은 부하들과 할복자살을 함으로써 어떠한 상황에서도 주군을 위해 끝까지 충성을 다하는 충신으로 묘사되어 있다.

<『다이헤이키』 권제1>

옛날부터 지금까지 세상의 변천 가운데 평화와 난세의 유래를 나름대로 고찰해 보면 만물을 모두 뒤덮고 있는 것은 하늘의 덕이다. 뛰어난 군주는 이 덕을 갖추고 나라를 다스린다. (중략) 이와 같은 이유로 전대의 성인은 삼가 사람이 지켜야할 길을 후대에 전해 깨우치고 있는 것이고, 후대의 우리들은 역사를 되돌아보고 과거의 교훈을 배워야 할 것이다.

<권제16, 구스노키 마사시게 형제 이하 미나토 강에서 자살하는 이야기>

마사스에(마사시게의 동생) 껄껄 웃으며, "그럼 칠생을 다시 태어나도 역시 같은 인간이 되어 역적을 물리치고 싶습니다."라고 대답하자, 마사시게는 마음속으로 기뻐하며, "죄가 많아 구원받지 못할 것 같지만 나도 그렇게 생각한다. 자 그럼 다 함께 다시 태어나 이 오랜 숙원을 풀도록 하자."라고 약속하고, 구스노키 형제는 서로 찔러 같은 곳에 쓰러졌다.

<『太平記』巻第1>

蒙窃かに古今の変化を採って、安危の所由を察るに、覆つて外無きは、天の徳なり。明君これに体して国家を保つ。載せて棄つること無きは、地の道なり。 (中略) ここを以て、前聖慎んで、法を将来に垂るることを得たり。後昆顧みて、誡めを既往に取らざらんや。

<巻第16, 楠正成兄弟以下湊川にて自害の事>

正季からからと打ち笑ひて、「ただ七生までも同じ人間に生れて、朝敵を滅びさばやとこそ存じ候へ」と申ければ、正成よにも心よげなる気色にて、「罪業深き悪念なれども我も左様に思ふなり。いざさらば、同く生を替へてこの本懐を遂げん」と契つて、兄弟ともに指し違へて、同じ枕に伏しければ、

그 밖의 군기 모노가타리로는 미나모토노 요시쓰네源義経의 비극적 생애를 그린『기케이키義経記』(작자미상), 소가曽我 형제의 복수담을 그린『소가모노가타리曽我物語』등이 있다. 이러한 작품은 군기 모노가타리의 전쟁이나 역사의 기록보다는 주인공의 영웅적인 활약과 진혼의 의미가 강조되어 있다. 그런데 이들 작품은 후대의 요쿄쿠謡曲나 가부키歌舞伎 등의 예능에 절대적인 영향을 미친다.

4) 설화

헤이안 시대의『곤자쿠 모노가타리슈』이후, 중세는 설화의 시대라 할 정도로 수많은 설화집이 빈번하게 편찬되었다. 무사 계급의 막부가 통치하는 새로운 시대가 시작되자 신흥 계급과 지방에 대한 이야기와 불교신앙과 관련한 이야기가 기술되었다. 세속설화는 계몽과 교훈성이 짙은데, 주로 왕조 귀족에 관한 소재, 새로운 서민과 지방에 대한 이야기가 많고, 무사에 관한 설화는 군기 모노가타리에 흡수된 탓인지 비교적 적은 편이다. 한편 불교설화는 주로 정토신앙에 따른 불교의 영험담, 고승전, 왕생담 등을 다루고 있다.

(1) 세속설화

대표적인 세속설화집으로는 작자미상의『우지슈이 모노가타리宇治拾遺物語』(1221년경), 로쿠하라지로자에몬六波羅二臘左衛門이 편찬한『짓킨쇼十訓抄』(1252), 다치바나 나리스에橘成季가 편찬한『고콘초몬주古今著聞集』(1254) 등이 있다.

『우지슈이 모노가타리』는『우지다이나곤 모노가타리宇治大納言物語』(12세기 후반)나『고지단古事談』(1215년 이전)의 영향을 받은 중세의 대표적인 설화집이다. 전체 15권으로,『곤자쿠 모노가타리슈』등과 중복되는 이야기도 있지만 귀족과 서민, 불교 등을 소재로 한 약 200가지의 설화를 담고 있다. 예를 들면 '혹부리 영감', '코가 긴 스님', '마죽芋粥', '옷 도둑', '혀 잘린 참새의 보은', '여우

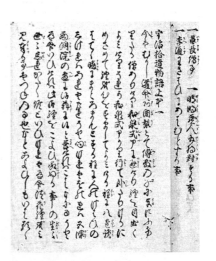

우지슈이 모노가타리(『日本古典文学全集』28, 小学館, 1973)

의 변신', '파계승', '도박꾼 아들이 사위', '반다이나곤伴大納言', '꿈을 매매하는 이야기', '괴력을 지닌 여자', '신라 황후의 밀통 이야기', '이로고노미 이야기' 등 인간의 심리를 파고든 문학성 짙은 설화를 다양하게 담고 있다. 이 중에서 코가 긴 스님, 마죽 등은 근대 아쿠타가와 류노스케芥川

竜之介의 재화소설이 되거나 '혹부리 영감'이나 '혀 잘린 참새의 보은'처럼 오늘날에도 널리 읽히는 작품도 있다.

『짓킨쇼』는 3권으로 어린아이들을 대상으로 10개 항목의 도덕적 교훈에 맞는 이야기를 들고 있다. 그리고 『고콘초몬주』는 약 700여 편의 설화를 신기神祇, 석교釈教, 정도政道, 문학 등 전체 30부로 질서 정연하게 배열한 작품이다. 내용은 왕조문화를 회고하는 경향이 짙고 지방과 서민의 설화도 다루고 있다.

<『우지슈이 모노가타리』 서문>

세상에 『우지다이나곤 모노가타리』라는 것이 있다. 이 다이나곤은 미나모토 다카쿠니라는 사람이다. 니시노미야도노(미나모토 다카아키라)의 손자이고, 도시카타 다이나곤의 차남이다. 점차 나이가 들자 더위를 싫어하여 휴가를 얻어, 5월부터 8월까지는 뵤도인의 일체경 장경각 남쪽 산기슭에 난젠보라고 하는 승방에서 기거하고 있었다. 그래서 우지다이나곤이라고 했다.

상투는 대충 비뚤게 묶고 [우스꽝스런 모습으로], 마루 바닥에 돗자리를 깔고 [시원하게 지내며] 큰 부채를 [부치게 하면서 오가는 사람] 지위 고하를 막론하고, [불러 모아] 옛날이야기를 하게 한다. 그리고 자신은 집안에 누워서 들은 이야기를 큰 종이에 옮겨 썼다.

천축의 이야기도 있고, 대당의 이야기도 있고, 일본의 이야기도 있다. 그 이야기 중에는 존귀한 이야기, 재미있는 이야기, 무서운 이야기, 안타까운 이야기, 지저분한 이야기, 좀 꾸며낸 이야기, 우스꽝스러운 이야기 등 갖가지 이야기가 있었다.

<『宇治拾遺物語』序>

世に宇治大納言物語といふ物あり。この大納言は隆国といふ人なり。西宮殿の孫、俊賢大納言の第二の男なり。年たかうなりては、暑さをわびて暇を申て、五月より八月までは、平等院一切経蔵の南の山ぎはに、南泉房といふ所に籠りゐられけり。さて、宇治大納言とは聞えけり。

髻を結ひわげて、をかしげなる姿にて、莚を板に敷きてすずみ居侍りて、大なる打輪をもてあふがせなどして、往来の者、上下をいはず、呼び集め、昔物語をせさせて、我は内にそひ臥して、語るにしたがひて大きなる双紙に書かれけり。

天竺の事もあり、大唐の事もあり、日本の事もあり。それがうちに貴き事もあり、をかしき事もあり、恐ろしき事もあり、哀れなる事もあり、きたなき事もあり、少々は空物語もあり、利口なる事もあり、様々やうやうなり。

(2) 불교설화

한편 불교설화집은 다이라노 야스요리平康頼의 『호부쓰슈宝物集』(1198년경), 가모노 초메이鴨長明의 『홋신슈発心集』(1215년경), 『간쿄노토모閑居友』(1222), 사이교西行의 이름을 빌린 『센주쇼撰集抄』(13세기 중엽), 무주無住의 『샤세키슈沙石集』(1283년) 등이 있다.

『호부쓰슈』는 인생에서 불법이 보물이라는 것을 설법하고, 『홋신슈』는 원한이나 집념에서 벗어날 수 있는 방법을 기술했다. 『간쿄노토모』는 32개의 출가, 왕생을 해설, 『센주쇼』는 사이교의 이름을 위장하여 발심発心, 왕생, 영험 등을 기술했고, 『샤세키슈』는 통상적인 예를 들어 어려운 교리를 설명한 설화집이다. 이 이외에도 편자미상의 『요시노슈이吉野拾遺』(1358년경)는 남조 관련 설화, 『신토슈神道集』(1361년경)는 신불습합, 신도와 관련한 설화, 『삼국전기三国伝記』(1407년경)는 인도, 중국, 일본의 설화가 편찬되었다. 이후 설화문학은 점차 오토기조시お伽草子 등에 자리를 내어주고 소멸되어 간다.

<『샤세키슈』 권제5, '와카를 좋아하는 학승'>

에신(미나모토노 시타고) 소즈는 학문을 하는 것 외에 다른 것은 하지 않는 신앙심이 깊은 사람이라 광언기어의 글들을 싫어했다. 제자인 아이 중에 아침저녁으로 마음을 가다듬고 와카만을 읊는 학생이 있었다. 소즈가 '아이들은 학문을 닦아야 하는 것이 당연한 것이다. 이 아이는 와카만을 좋아하여 어찌할 도리가 없는 아이로구나. 이런 아이가 있으면 다른 아이들이 보고 배워 학문을 게을리 하게 된다. 그러니까 내일 고향으로 돌려보내는 것이 좋겠다.'라고 동문수학하는 제자에게 이야기한 것도 모르고, 아이는 달빛이 아름다운 조용한 밤중에 툇마루에 나와 세수를 하려다가 노래를 읊는다.

두 손에 담은 물에 비친 달빛이 허망한 것처럼 의지할 바 없는 세상을 사는구나

소즈가 이를 듣고, 노래의 내용과 시절이 맞는 것은 물론이고, 와카의 모양도 마음에 와 닿을 정도로 감동하여, 이후에도 그 아이를 곁에 두고, 자신도 와카를 좋아해서 여러 가집에도 소즈의 와카가 실리게 되었다.

<『沙石集』巻第5,「学生の歌好みたる事」>

恵心僧都は、修学の外他事なく、道心者にて、狂言綺語の徒事を憎まれけり。弟子の児の中に、朝夕心を澄まして、和歌をのみ詠ずるありけり。「児どもは、学問などするこそ、さるべき事なれ、この児、歌をのみ好みすく、所詮なき物なり。あれ体のものあれば、余の児ども見学びて、不用なるに、明日里へ帰し遣るべし」と、同宿によくよく申し合わせられけるをも知らずして、月冴えてもの静かなるに、夜うちふけて緑に立ち出て、手水つかふとて、詠じて云はく、

手に結ぶ水に宿れる月影はあるかなきかの世にもすむかな

僧都、これを聞きて、折節と云ひ、歌の体といひ、心肝に染みて哀れなりければ、その後、

この児をもとどめて、歌を好みて、代々の集にも、その歌見え侍るにや。

5) 오토기조시

무로마치 시대의 오토기조시お伽草子는 주로 아녀자와 서민들에게 인기가 있었던 통속적인 단편 소설이다. 대체로 작자미상이고, 내용은 공상적·교훈적·동화적인 소재로, 대표작품을 분류하면 다음과 같다. ① 귀족물로는『하치카즈키鉢かづき』,『이와야노소시岩屋の草子』,『와카쿠사 모노가타리若草物語』,『이즈미시키부和泉式部』, ② 승려물에는『덴진노엔기天神の縁起』,『구마노노혼지熊野の本地』,『산닌호시三人法師』, ③ 무사와 영웅담으로『슌텐도지酒呑童子』,『라쇼몬羅生門』, ④ 서민들의 입신출세나 우스꽝스러운 이야기로『후쿠토미조시福富草子』,『분쇼조시文正草子』,『모노쿠사타로物くさ太郎』,『잇슨보시一寸法師』, ⑤ 이국물異国物에는『요키히 모노가타리楊貴妃物語』, ⑥ 이류물異類物에는『우라시마타로浦島太郎』,『하마구리노소시蛤の草子』 등이 있다.

이러한 오토기조시는 모두 서민들을 독자로 생각하여 기술된 단편 이야기로, 그림 두루마리나 소박한 그림으로 아름다운 채색을 한 '나라에혼奈良絵本'[24]의 형태가 많았다. 따라서 문장이나 내용은 소박하지만 입신출세를 통해 성장하는 서민계층의 의식을 느낄 수 있다.

<오토기조시『잇슨보시』>

그렇게 오래되지는 않은 일이지만 세쓰 지방 나니와 고을에 할아버지와 할머니가 있었다. 할머니가 40살이 될 때까지 아이가 없는 것을 슬퍼하여 스미요시 신사에 참배하여 없는 아이를 갖게 해 달라고 기원했다. 스미요시 다이묘진이 불쌍하게 생각하셔서 41살의 할머니를 임신하게 해 주자, 할아버지의 기쁨

▌ 잇슨보시(『日本古典文学全集』36, 小学館, 1973)

은 보통이 아니었다. 이윽고 10개월이 지나 귀여운 남자아이가 태어났다. 그러나 태어난 후에 키가 한 치밖에 되지 않아 그대로 아이의 이름을 잇슨보시라고 지었다.

---

24) '나라에奈良絵'라는 이름은 나라의 고후쿠지興福寺 등에서 불화를 그리는 화가들의 그림.

<お伽草子『一寸法師』>

中ごろのことなるに、津の国難波の里に、おほぢとうばと侍り。うば四十に及ぶまで、子のなきことを悲しみ、住吉に参り、なき子を祈り申すに、大明神あはれとおぼしめして、四十一と申すに、ただならずなりぬれば、おほぢ、喜び限りなし。やがて、十月と申すに、いつくしき男子をまうけけり。さりながら、生まれおちてより後、背一寸ありぬれば、やがて、その名を、一寸法師とぞ名づけられたり。

6) 기리시탄 문학

무로마치 시대의 말기에 일본으로 건너간 선교사들이 포교나 일본어 학습을 위해 번역 저술한 문학이다. 카톨릭의 교리를 설명한 『도치리나키리시탄どちりなきりしたん』(1592), 『이솝 이야기伊曾保物語』(1593) 등이 대표적 작품이다. 아마쿠사반天草版25)『헤이케 모노가타리平家物語』(1592), 『일포사전日葡辞書』(1604) 등은 당시의 일본 구어를 알 수 있는 귀중한 자료이다.

4. 일기와 수필

1) 일기와 기행문

중고시대 일기문학의 뒤를 이어서 여성들의 회상적 일기가 기술되었다. 가마쿠라 초기의 『겐레이몬인우쿄다이부슈建礼門院右京大夫集』(1232), 『벤노나이시 일기弁内侍日記』(1252), 그리고 『도와즈가타리とわずがたり』(1313) 등이 있다. 『겐레이몬인우쿄다이부슈』는 작자 후지와라노 고레유키藤原伊行의 딸이 겐레이몬인의 뇨보女房로 출사하여, 다이라노 스케모리平資盛와의 사랑, 헤이케平家의 멸망, 이후의 일상 등을 일기풍의 가집으로 기술했다. 『도와즈가타리』는 고후카쿠사인니죠後深草院二条가 14살부터 고후카쿠사인의 총애를 받는 이야기, 그리고 가메야마亀山 천황, 귀족 가네히라兼平, 승려 세이조性助와의 사랑과 고뇌, 출가하여 사이교西行를 생각하며 여러 지방을 여행하며 겪은 체험을 모노가타리 풍으로 기술하고 있다.

중세에는 가마쿠라 막부의 성립과 함께 교토와 가마쿠라 사이의 교통망이 확충되어 교류가 빈번해진다. 이에 따라 『가이도키海道記』(1223년경), 『도칸 기행東関紀行』(1242년경), 아부쓰니阿仏尼의 『이자요이 일기十六夜日記』(1280)는 모두 가마쿠라로 가는 동해도의 기행문이다. 특히 남

---

25) 16세기 말 서양식 인쇄기로 구마모토熊本 현 아마쿠사天草에서 출판한 간행물.

북조 시대가 되면서 여러 지방간의 교통이 더욱 발달해지면서 렌가시連歌師들의 기행문도 늘어
난다.

<『겐레이몬인우쿄다이부슈』135단, '옛날의 오늘'>

3월 20일 지나서, 이 날은 나에게는 허무한 인연이 있었던 그 사람(다이라노 스케모리)이 물거품
처럼 죽은 날이라, 보통 때처럼 내 마음 한가지로 이것저것 신경 쓰며 추선공양 준비를 하면서도, 대
체 내가 죽은 다음에는 누가 이렇게 그 사람을 생각해 줄 것인가. 내가 이렇게 생각했다고 해서 내
기일을 생각해 줄 것 같은 사람도 없다는 것이 참을 수 없이 슬퍼서 그냥 훌쩍훌쩍 울기만 한다. 내
자신이 죽는 것보다 이 일이 더 슬프게 생각되어,

어찌 할까나. 내 죽은 후세에도 마찬가지로 그 사람의 기일을 애도할 이 있었으면 (269)

<『建礼門院右京大夫集』135段、「昔の今日」>

弥生の二十日余りのころ、はかなかりし人の、水の泡となりける日なれば、例の心ひとつ
に、とかく思ひ営むにも、わがなからむのち、誰かこれほども思ひやらむ。かく思ひしことと
て、思ひ出づべき人もなきが、堪へがたく悲しくて、しくしくと泣くよりほかのことぞなき。
わが身のなくならむことよりも、これが覚ゆるに、

いかにせむわが後の世はさてもなほ昔の今日を問ふ人もがな (269)

<『도와즈가타리』권1>

하루 밤 사이에 입춘을 알리는 안개, 오늘 아침을 기다리다가 출사한 것처럼 뇨보들은 화려한 옷
을 입고 자태를 뽐내듯이 도열해 있어, 나도 다른 사람들처럼 어소에 출사했다. 그 때의 의상은 홍매
봉오리였던가. 일곱 겹의 붉은 속옷, 연두 빛 겉옷, 붉은 색의 당나라 의상 등을 입고 있었을까. 매화
와 당초 무늬를 넣어 짠 두 겹 속옷에, 외국풍의 울타리와 매화를 수놓은 옷을 입고 있었다.

<『とはずがたり』巻1>

呉竹の一夜に春の立つ霞、今朝しも待ち出でがほに、花を折り、匂ひを争ひて並み居たれ
ば、我も人並々にさし出でたり。つぼみ紅梅にやあらむ。七つに、紅の袿、萌黄の表着、赤色
の唐衣などにてありしやらむ。梅唐草を浮き織りたる二小袖に、唐垣に梅を縫ひてはべりしを
ぞ着たりし。

2) 수필과 법어

중세에는 전란을 피해 산골에 은둔
생활을 하거나 출가를 하여 불도수행
을 하는 지식인들이 많았다. 이러한
사람들이 명상하며 현세를 무상하게
생각하여 쓴 수필이나 와카, 설화, 법
어 등을 은자문학이라고 한다. 가모노
초메이鴨長明(1155?~1216)의 『호조키
方丈記』(1212), 겐코兼好(1283?~1352?)
법사의 『쓰레즈레구사徒然草』(1331년
경)는 헤이안 시대의 『마쿠라노소시』
와 함께 일본 3대 수필로 손꼽힌다.

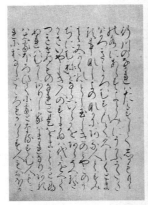

▌호조키 (『日本古典文学全集』27, 小学館, 1973)

가모노 초메이는 시모카모 신사下鴨
神社 신관神官의 아들로 태어나, 헤이안
시대에서 가마쿠라 시대의 동란기를
살았다. 일찍이 아버지가 죽어 신관은
되지못하고, 와카와 비파 등의 재능이
뛰어났다. 그러나 초메이는 낮은 신분
으로 자신의 뜻을 펼칠 수 없게 되자
50세 무렵에 교토 외각 히노산日野山의
암자에 은둔하여 쓴 수필이 『호조키』
이다. 『호조키』는 격조 높은 화한혼효

▌겐코 법사(『中世文学の世界』, 神奈川県立金沢文庫, 1992)

문和漢混淆文으로 서두에 중세의 무상관이 흐르고 있는데, 전반은 천재지변을 극명하게 기술하여
허무함을 강조하고, 후반은 출가 후 암자 생활의 즐거움과 의의를 강조하고 있다.

『쓰레즈레구사』를 쓴 겐코 법사는 속명이 우라베 가네요시卜部兼好로, 요시다吉田 신사 신관의
집안에서 태어나 가마쿠라 시대에서 남북조로 이어지는 격동기를 살았다. 『쓰레즈레구사』는
'무료한 가운데つれづれなるままに'로 시작되는 서단에서 243단까지 이어지는 수필이다. 왕조시대의
귀족문화를 동경하는 단이 많으며, 『호조키』와는 다른 무상관이 배어 있으며 인생에 대한 깊은
성찰과 자연에 대한 여정의 미의식을 강조하고 있다. 『쓰레즈레구사』는 은자隱者 문학, 수필문학
의 대표적 작품으로 인생관과 자연관, 연애, 예술, 문학에 관한 깊은 정취가 담겨있다.

은자의 수필에 비해 호고法語는 불교의 대중화를 위해 교단의 창시자들이 쓴 저술이다. 그러나 본격적인 교리를 설교한 책은 아니고 가나로 쓴 편지, 문답, 언행록 등이다. 법어는 문학은 아니지만 설파하는 내용이 독자들에게 새로운 인생관, 종교관, 사회관을 심어 주었다. 특히 가마쿠라 시대에는 새로운 종파가 많았는데, 개조들은 해탈의 난해함, 고뇌, 망집에 대해 솔직하게 심경을 토로하고 있다.

대표적인 호고는 정토종淨土宗을 연 호넨法然(1133~1212)의 『센차쿠혼간넨부쓰슈選択本願念仏集』, 정토진종淨土眞宗을 연 신란親鸞(1173~1262)의 『탄니쇼歎異抄』, 일연종日蓮宗을 연 니치렌日蓮(1222~1282)의 『릿쇼안코쿠론立証安国論』, 조동종曹洞宗을 연 도겐道元(1200~1253)의 『쇼보겐조즈이몬키正法眼蔵随聞記』, 시종時宗을 연 잇펜쇼닌一遍上人(1239~1289)의 『잇펜쇼닌고로쿠一遍上人語録』 등이 있다.

<『호조키』 서두>

강물의 흐름은 끊임이 없지만 원래 그대로의 물은 아니다. 물웅덩이의 고인 물에 떠있는 물거품은 한편에서 사라지는가 하면 다른 한편에서는 만들어져 언제까지나 그대로 머물러 있는 경우가 없다. 이 세상에 살고 있는 사람과 그들의 주택 또한 이와 같다. 구슬을 깐 듯이 아름다운 도읍에서 추녀를 맞대고 늘어서서 지붕의 높이를 겨루는 높고 낮은 신분의 집들이 영원히 없어지지 않을 것처럼 보이지만, 정말 그런가 하고 알아보면 옛날에 있던 집은 드물다. 어떤 집은 작년에 불타고 올해 새로 지었다. 또 어떤 경우는 큰 집이 없어지고 작은 집이 되었다. 살고 있는 사람도 이와 같다.

<『方丈記』冒頭>

ゆく河の流れは絶えずして、しかももとの水にあらず。よどみに浮ぶうたかたは、かつ消え、かつ結びて、久しくとどまりたるためしなし。世の中にある人と栖と、またかくのごとし。たましきの都のうちに棟を並べ、甍を争へる高き賎しき人の住ひは、世々を経て尽きせぬものなれど、これをまことかと尋れば、昔ありし家は稀なり。或は去年焼けて、今年作れり。或は大家ほろびて小家となる。住む人もこれに同じ。

<『쓰레즈레구사』 서단>

아무 하는 일 없이 심심하여, 하루 종일 벼루를 향해 머리에 떠올랐다가 사라지는 사소한 일들을 하릴 없이 기술하고 있으니, 이상한 상념들이 떠올라 미칠 것만 같은 기분이 드는구나.

<『徒然草』序段>

つれづれなるままに、日くらし、硯にむかひて、心にうつりゆくよしなし事を、そこはかとなく書きつくれば、あやしうこそものぐるほしけれ。

<『쓰레즈레구사』 제137단>

벚꽃은 만개했을 무렵에만 달은 흐림 없이 빛나는 것만을 보아야 하는 것인가. 비가 내리는 하늘을 보며 달을 그리워하고, 발을 드리운 방안에 틀어박혀 봄이 가는 것을 모르는 것도 역시 그윽한 느낌과 정취가 있는 것이다. 지금 막 피려고 하는 벚나무 가지나, 벚꽃이 떨어져 시들어 있는 정원이야말로 오히려 정취가 있는 것이다. 와카의 '고토바가키'에도 '벚꽃 구경을 갔지만 이미 다 떨어져 버렸기 때문에'라든가, '일이 있어 벚꽃 구경을 하러가지 못하고'라고 쓴 것은, '벚꽃 구경을 하고'라고 쓰는 것보다 못하다고 할 수 있을까. 벚꽃이 지고 달이 기우는 것을 애석해 하고 그리워하는 세상의 풍습은 당연한 일이지만, 사물의 정취를 모르는 사람은 '이 가지도 저 가지도 모두 다 져 버렸구나. 이젠 이미 볼만한 게 없다.'라고 하는 것이다.

모든 일은 시작과 끝이 특별히 흥미로운 것이다. 남녀 사이의 애정도 단지 만나서 관계를 갖는 것만이 중요한 것일까. 인연을 맺지 못하고 끝나버린 괴로움을 토로하고, 잠시 동안의 덧없는 만남을 한탄하고, 긴 밤을 혼자 지새우며 멀리 있는 사람을 그리워하고, 허름한 집에서 함께 지낸 옛날을 그리워하는 것이야말로 사랑의 정취를 이해한다고 할 수 있을 것이다.

<『徒然草』第137段>

花はさかりに、月はくまなきをのみ見るものかは。雨にむかひて月を恋ひ、たれこめて春の行方知らぬも、なほあはれに情ふかし。咲きぬべきほどの梢、散りしをれたる庭などこそ見所多けれ。歌の詞書にも、「花見にまかれりけるに、はやく散り過ぎにければ」とも、「障る事ありてまからで」なども書けるは、「花を見て」と言へるにおとれる事かは。花の散り、月の傾くを慕ふ習ひは、さる事なれど、ことにかたくななる人ぞ、「この枝、かの枝散りにけり。今は見所なし」などは言ふめる。

万の事も、始め終りこそをかしけれ。男女の情も、ひとへに逢ひ見るをばいふものかは。逢はでやみにし憂さを思ひ、あだなる契りをかこち、長き夜をひとりあかし、遠き雲井を思ひやり、浅茅が宿に昔をしのぶこそ、色好むとは言はめ。

5. 극문학

1) 노

▌히라이즈미平泉의 추손지中尊寺 노가쿠도 　　　▌교토 곤고노가쿠도金剛能楽堂

무로마치 막부 시대에는 갖가지 예능이 등장하는 가운데 처음으로 무대예술인 노能와 교겐狂言이 완성된다. 노의 원조 사루가쿠猿楽는 우스꽝스런 동작이나 곡예를 주로 한 예능이었는데 전문으로 하는 사람들이 자座라고 하는 예능집단을 만들어 사찰과 신사의 보호를 받으면서 예능으로 발전시켰다. 한편 농촌에서 풍작을 기원하거나 감사하는 가무 중심의 덴가쿠田楽라고 하는 예능이 있었다. 사루가쿠와 덴가쿠는 서로 영향을 주고받으며 유자키자結崎座의 간아미観阿弥(1333∼1384)에 의해 노가쿠能楽가 완성된다. 간아미観阿弥는 연기자로서만이 아니라 작자로서도 뛰어난 능력을 발휘한다.

간아미의 아들 제아미世阿弥(1363?∼1443?)는 장군 아시카가 요시미쓰足利義満의 비호를 받으며 노를 세련된 예술적 경지로 끌어 올렸다. 제아미는 『다카사고高砂』 등 100편 이상의 노 대본과 『후시카덴風姿花伝』, 『가쿄花鏡』, 『사루가쿠단기申楽談儀』등의 노가쿠론能楽論을 저술했다. 그는 노가 관객들에게 주는 감동을 '꽃花'으로 비유하고, 꽃을 피우는 우아한 아름다움을 유겐幽玄이라고 했다. 제아미 이후의 노는 조카 온아미音阿弥와 사위 곤파루젠치쿠金春禅竹(1405∼1470?) 등으로 전승되고 새로운 발전 없이 점차 유형화되었다.

노의 공연은 요쿄쿠謡曲라고 하는 대본에 따라 시테(주연), 와키(조연) 등의 배우가 지우타이地謡와 하야시囃し에 맞추어 마이舞를 추는 세 가지 요소로 구성되는 가무극歌舞劇이다. 요쿄쿠는 와카와 한시를 자주 인용하고 7, 5조의 운문 문장을 많이 사용하고 있다. 지우타이는 무대의 오른쪽에 앉아 부르는 노래이고, 하야시는 피리笛, 소고小鼓, 대고大鼓, 태고太鼓 등의 네 가지 반주악기이다. 노는 주연 배우인 시테가 노멘能面을 쓰고 나타나 대사를 읊거나 반주에 맞추어 춤을 추어 몽환적인 유현미幽玄美를 나타내는데 보통 5가지의 종류로 나눈다. 첫째 와키노脇能에는『다카사고高砂』『오키나翁』등이 있고, 둘째 슈라노修羅物는『야시마屋島』,『아쓰모리敦盛』등『헤이케 모노가타리』를 소재로 한 작품, 셋째『이세 모노가타리』,『겐지 모노가타리』등의 여성을 주인공으로 한 소재로 한『마쓰카제松風』등의 가쓰라모노鬘物, 넷째 현실에 있었던 사건을 소재로 삼은『지넨코지自然居士』나『스미다가와隅田川』와 같은 겐자이모노現在物, 다섯째 전설상의 귀신 등이 등장하는『라쇼몬羅生門』과 같은 기치쿠모노鬼畜物 등이 있다.

다음 요쿄쿠『다카사고』는 같은 뿌리에서 태어난 소나무가 부부의 화합과 장수를 상징하고, 항상 푸른 소나무가 와카의 번영, 나라의 평화를 기원한다는 내용이다.

<요쿄쿠(노)「다카사고」>

주인공, 종자 : 다카사고여, 포구에서 이 배의 돛을 올리고, 포구에서 이 배의 돛을 올리고, 달과 함께 출항하여 만조에 따라, 파도 거센 아와지 섬 그림자, 멀어지고 나루오의 바다를 지나, 벌써 스미요시에 도착했구나, 벌써 스미요시에 도착했구나.

<謠曲(能)「高砂」>

ワキ、ワキツレ　高砂や、この浦舟に帆をあげて、この浦舟に帆をあげて、月もろともに出で潮の、波の淡路の島影や、遠く鳴尾の沖過ぎて、はや住の江に着きにけり、はや住の江に着きにけり。

2) 교겐

노가 가무를 중심으로 상징성이 강한 예능인 반면에, 교겐은 시테(주연)과 아도(조연) 등이 우스꽝스러운 흉내를 내는 사실적인 희극이다. 초기에는 대본도 없이 구어체의 대사로 이어가는 즉흥적인 연기를 했으나 하극상의 풍조가 심해지면서 사회나 지배계층에 대한 풍자나 비꼬는 내용의 대사로 유형화되었다. 주인공은 소지주와 농민, 파계승 등으로 이름 없는 서민들이 많았다.

교겐은 노와 같은 무대에서 노와 노 사이에 공연되면서 줄거리도 고정되고 연기와 말도 점차 보수적이 되었다. 제아미 시대의 교겐집은 남아 있지 않고 현존하는 것은 에도江戸 시대의 작품이다. 교겐의 종류는 신을 주인공으로 하는 와키 쿄겐脇狂言(「스에히로가리末広がり」), 다이묘를 주인공으로 하는 다이묘 쿄겐大名狂言(「하기 다이묘萩大名」), 부하를 주인공으로 삼은 쇼묘 쿄겐小名狂言

(「부자附子」), 귀신이나 수행승을 주인공으로 다룬 오니야마부시 교겐鬼山伏狂言(「세쓰분節分」) 등이 있다.

<쇼묘 교겐 '부자'> (주인·다로·지로 등장)

주인 : 나는 이 근처에 살고 있는 사람이다. 내 잠시 일이 있어 산 저편에 다녀오려고 한다. 우선 두 종자를 불러 집을 잘 보라고 당부하려고 한다. 이것 봐. 두 사람, 거기에 있는가.

다로·지로 : 예-이.

주인 : 있었는가.

지로 : 두 사람, 다로·지로 : 앞에 있습니다.

주인 : 생각보다 빨리 왔네. 너희들을 부른 것은 다름이 아니라, 내가 잠시 일이 있어 산 저편에 다녀오려는데, 너희들은 집을 잘 지키고 있어라.

다로 : 아니오, 제가 수행을 할 테니 지로에게 집을 지키게 하세요.

지로 : 아니오, 제가 수행을 할 테니 타로에게 집을 지키게 하세요.

주인 : 아니 아니야. 오늘은 좀 사정이 있어 두 사람의 수행은 필요 없어. 집에서 좀 기다려.

다로·지로 : 그렇게 하겠습니다.

주인 : (무대 뒤편에서 나무통을 가져와 무대 앞에 둔다.) 이것 봐, 이건 부자인데, 조심해서 지켜라.

┃ 교겐 '부자'(『日本古典文学全集』 35, 小学館, 1973)

<小名狂言「附子」> (主·太郎冠者かじゃ·次郎冠者登場)

主 : 「これはこの辺りに住まひ致す者でござる。某、ちと所用あって、山一つあなたへ参らうと存ずる。まづ両人の者を呼び出だし、留守の程を申し付けうと存ずる。ヤイヤイ両人の者、居るかやい。

太郎冠者・次郎冠者：「ハアーッ。

主：「ゐたか。

太郎：「両人の者、太郎冠者・次郎冠者「お前に居りまする。

主：「念なう早かった。汝らを呼び出だすは別なることでもない。某、所用あって、山一つあ
　　なたへ行くほどに、汝らよう留守をせい。

太郎：「イヤ、私、お供に参りませうほどに、次郎冠者をお留守におかれませ。

次郎：「イヤイヤ、私、お供に参りませうほどに、太郎冠者をお留守におかれませ。

主：「イヤイヤ、今日は思ふ子細あって両人とも供はいらぬ。しばらくそれに待て。

太郎冠者・次郎冠者：「畏ってござる。

主：(舞台後方から葛桶を持って出て、舞台前方に置く)「ヤイヤイ、これは附子ぢゃほど
　　に。念を入れてよう番をせい。

3) 고와카마이와 셋쿄부시

고와카마이幸若舞는 무로마치 시대에 군기 모노가타리나 설화의 일부분을 읊으며 간단한 춤을
추는 것인데 노와 마찬가지로 무장들의 애호를 받았다. 고와카마이라는 이름은 에치젠越前 모모
이노 나오아키라桃井直詮의 아명 고와카마루幸若丸에서 딴 것이다. 현재 「아쓰모리敦盛」, 「나스노요
이치那須与一」, 「호리카와요우치堀河夜討」, 「이루카入鹿」 등 50곡 정도가 남아있는데, 이를 「마이노
혼舞の本」이라 한다. 그러나 에도江戸 시대에 들어 노와 조루리가 유행하면서 고와카마이는 사라
진다.

설교説教란 창도唱導라고도 하며, 원래 불교의 경전이나 교리를 강론하는 말한다. 문예로서의
셋쿄란 민중들 사이에서 '사사라ささら'[26]라는 악기의 반주로 읊는 셋쿄부시説教節로서 중세에서
근세 초까지 크게 유행한다. 대표작품으로는 「산쇼다유山椒太夫」, 「오구리호간小栗判官」, 「시노다즈
마信太妻」 등이 있는데, 서민들의 비통한 삶이 사실적으로 묘사되어 있다. 특히 모리 오가이森鴎外
의 역사소설로 유명해진 「산쇼다유」는, 무쓰陸奥 지방의 수령인 부친이 유배되고, 인신 매매단에
팔려간 안쥬安寿와 즈시오厨子王의 복수담이다.

기타 신사나 사찰의 유래를 기술한 연기緣起담은 예술성이 풍부한 그림으로 그려진다. 그리고
이러한 불화나 연기의 그림을 비파의 반주로 해설하는 것을 에토키絵解き라고 한다. 특히 에토키
를 여성이 이야기하는 것을 '에토키 비구니絵解比丘尼' 혹은 '우타 비구니歌比丘尼', '구마노 비구니熊
野比丘尼'라고 했는데, 17세기경에는 거리의 예능인으로서 몸을 팔기도 했다. 현존하는 작품으로

---

26) 대나무 끝을 잘게 쪼개어 묶은 것으로 홈이 파인 나무에 문질러 소리를 내는 악기.

┃ 도조지엔기 에토키(『山岳靈場と絵解き』, 人間文化研究機構連携研究 2006)

는 『시기산 연기信貴山縁起』, 『기타노텐진 연기北野天神縁起』, 『이시야마데라 연기石山寺縁起』, 『도조지
연기道成寺縁起』, 『우라시마묘진 연기浦島明神縁起』 등이 있다.

    <셋쿄부시『산쇼다유』서두>

지금 말씀드리는 이야기의 지역을 말하자면 단고 고을, 가나야키 지장보살의 본지수적를 대충 말
씀드리겠습니다. 이 지장도 한 때는 인간이었습니다. 그 인간의 본지를 찾아보면, 그 지역이 오슈 일
본의 장군, 이와키의 판관 마사우지로 갖가지 비통한 일이 있었다. 이 마사우지로 말하자면 완강한
사람으로 쓰쿠시 안라쿠지에 유배되어 힘든 생활을 하셨다.

    <説教節『さんせう太夫』冒頭>

ただ今語り申す御物語、国を申さば丹後の国、金焼地蔵の御本地を、あらあら説きたて広め
申すに、これも一度は人間にておわします。人間にての御本地を尋ね申すに、国を申さば奥州
日の本の将軍、岩城の判官正氏殿にて、諸事の哀れをとどめたり。この正氏殿と申すは、情の
こわいによって、筑紫安楽寺へ流されたまひ、憂き思いを召されておわします。

6. 요약

中世文学 (1192~1603) : 鎌倉(1192)⇒ 南北朝(1333)⇒ 室町時代(1392)⇒ 戦国時代

1. 詩歌
- 『六百番歌合』(1193), 『千五百番歌合』(1203?)
- 『新古今和歌集』(1205)부터 『新勅撰和歌集』까지의 十三代集, ⇒ 二十一代集

- 『百人一首』(藤原定家, 1235頃)
- 歌壇：藤原俊成 ⇒ 定家 ⇒ 為家 ⇒ 為氏(二条家), 為教(京極家), 為相(冷泉家)
- 連歌：上の句(五七五)＋下の句(七七), 有心連歌와 無心連歌
- 二条良基『菟玖波集』(1356)『筑波問答』(1357～72), 宗祇『新撰菟玖波集』(1495)
- 俳諧の連歌：洒落や滑稽, 「おどけ」, 「たはむれ」
- 歌謡：今様, 宴曲, 和讃, 小唄.『閑吟集』

2. 物語
- 擬古物語：『松浦宮物語』,『住吉物語』
- 軍記物語：『保元物語』,『平治物語』,『平家物語』,『太平記』,『義経記』
- 歴史物語：『水鏡』,『増鏡』,『愚管抄』(慈円),『神皇正統記』
- □ 説話：『宇治拾遺物語』(13世紀前半),『十訓抄』(1252),『古事談』,『発心集』,
     『古今著聞集』(1254),『宝物集』(1179以後),『沙石集』(1283)
- 御伽草子：『文正草子』,『一寸法師』,『鉢かづき』,『福富草子』 등
- キリスタン文学：『伊曾保物語』,『日葡辞書』

3. 日記와 随筆：『建礼門院右京大夫集』,『十六夜日記』,『とはずがたり』,『海道記』
     『方丈記』(鴨長明, 1155～1216),『徒然草』(兼好, 1283～1352)

4. 劇文学：
- 田楽：農耕儀礼, 猿楽(散楽, 申楽), 卑俗한 흉내나 滑稽
- 能楽：神事物, 修羅物, 鬘物, 現在物, 鬼畜物の五番立て
     観阿弥(1333～84), 世阿弥(1362～1443)の能楽論：『風姿花伝』,『猿楽談義』
     『高砂』,『敦盛』,『隅田川』
- 狂言：滑稽와 흉내.『入間川』,『悪太郎』 등

제4장
근세문학

▌ 오쿠노호소미치 화첩(『日本の古典』15. 学研. 1984)

제4장
근세문학

1. 근세문학의 개관

근세문학의 시기는 도쿠가와 이에야스德川家康(1542~1616)가 정이대장군征夷大將軍으로 임명되어, 현재의 도쿄인 에도江戸에 막부幕府를 창설한 1603년부터 1867년 15대 장군 요시노부慶喜(1837~1913)의 대정봉환大政奉還까지의 265년간이다. 이 시기에도 천황은 여전히 교토에 있었지만 정치의 중심이 에도 막부에 있었기 때문에 에도 시대 혹은 도쿠가와 시대라고도 한다. 정치체제는 중앙집권적인 봉건제도로 지방 영주인 다이묘大名를 1년마다 에도江戸에 거주하게 하는 산킨코타이参勤交代 제도를 두어 엄격하게 지방을 통제했다. 또한 사농공상의 신분제도로 질서를 유지했는데, 여기서 사士란 양반이 아니라 무사를 의미한다.

근세에는 무사와 초닌町人[27]의 문학이 함께 발전하지만 서민경제의 발달과 함께 문화적으로 성장한 초닌이 문학의 주류를

▍도쿠가와 이에야스(『日本人物事典』 新人物往来社, 1978)

---

27) 근세 초기 영주가 사는 성 가까운 도시에서 상공업에 종사한 계층의 사람.

▌이하라 사이카쿠(『日本古典文学全集』 38, 小学館, 1973)

이루게 된다. 근세의 서민들은 늘어난 경제력으로 데라고야寺子屋에서 교육을 받고 목판인쇄술의 발달로 출판된 문학서적을 구입해 읽었다. 이전의 사본写本 시대에는 문학이 천황을 비롯한 귀족들의 전유물이었으나 인쇄술이 발달하면서 서민들도 향수할 수 있게 된 것이다. 또한 무사와 서민들은 점차 자신들의 삶과 일상생활이 반영된 문학을 직접 창작하게 된다. 대표적인 장르로는 산문문학의 가나조시仮名草子와 우키요조시浮世草子, 운문문학의 하이카이俳諧, 극문학의 조루리淨瑠璃와 가부키歌舞伎 등이 있다.

근세문학은 18세기의 전반을 경계로 교토를 중심으로 활동한 전기의 가미가타上方 문학과 후기의 에도江戸 문학으로 나눌 수 있다. 가미가타 문학을 당시의 연호를 따서 겐로쿠元禄(1688~1704) 문학이라고도 하는데, 흔히 근세의 3대 문호라고 하는 소설의 이하라 사이카쿠井原西鶴, 하이카이俳諧의 마쓰오 바쇼松尾芭蕉, 연극의 지카마쓰 몬자에몬近松門左衛門 등이 활약했다. 사이카쿠는 인간의 욕망을 그린 우키요조시를 창출하고, 바쇼는 하이카이의 문학성을 향상시켰고, 지카마쓰는 조루리에서 인간의 의리와 인정을 면밀히 묘사했다. 샤미센三味線의 반주에 맞춘 인형극인 조루리淨瑠璃와 가부키歌舞伎는 서민들의 마음을 사로잡았다. 근세문학의 주요 독자층은 초닌 계층이었고, 문학의 주류는 오사카에서 점차 신흥 도시인 에도로 옮겨가게 되었다.

에도시대의 문학은 마쓰다이라 사다노부松平定信(1758~1829)의 간세이寬政 개혁(1787~93)을 경계로 전기의 덴메이天明(1781~89) 문학과 후기의 분카·분세이文化·文政(1804~29) 문학으로 나눈다. 전기는 상공업이 번창한 가운데 무사나 지식인들이 여기余技와 심심풀이로 기술한 유희적인 기뵤시黄表紙, 샤레본洒落本, 교카狂歌와 같은 희작戱作 문학이 발달했다. 그러나 희작 문학은 마쓰다이라의 간세이寬政 개혁으로 탄압을 받자 무사 계급의 작가들이 창작을 중단하게 된다.

19세기 초에는 권선징악적인 요미혼読本과 인간의 감정에 호소하는 곳케이본滑稽本, 닌조본人情本, 고칸合巻 등 대중적인 문학이 크게 유행한다. 후기를 대표하는 작품은 알기 쉬운 서민적인 문학이 주류를 이루면서 문학성은 떨어지지만, 한편으로는 진정한 문학의 대중화를 이루게 된다. 이 시대의 문예이념은 바쇼의 와비わび, 사비さび를 비롯해 소설류의 쓰通, 스이粋, 이키イキ[28] 등이 있고, 유학의 영향으로 의리와 인정人情 권선징악이 강조되었다.

---

28) 쓰通는 인정이나 물정에 정통하다는 에도시대의 문예이념. 스이粋는 가미가타의 세련된 정취, 이키いき는 풍류를 이해하는 에도 초닌의 미의식이다.

2. 산문

1) 가나조시

근세의 가나조시仮名草子는 에도 막부가 개설된 이후 약 80년 동안 교토京都를 중심으로 인쇄술의 발달과 함께 가나仮名 문자로 출판된 소설이다. 특히 가나 문자를 익힌 무사나 서민들을 대상으로 출판된 계몽적인 작품으로, 중세의 오토기조시와 본격적인 근세 소설 우키요조시의 가교적 역할을 한다. 가나조시의 작자는 귀족과 승려, 유학자, 무사, 하이진俳人과 같은 지식인들이었다. 가나조시는 크게 3개의 종류로 나눌 수 있는데, 중세 모노가타리 풍의 오락적인 작품, 교훈적인 작품, 실용적인 작품 등이 있다.

스즈키 쇼산鈴木正三은 교훈적인 작품『니닌비구니二人比丘尼』를 기술했고, 수필의 형태로 세상을 풍자한『가쇼키可笑記』(1641),『이세 모노가타리』를 패러디한『니세 모노가타리仁勢物語』(1639년경), 소화집『세이스이쇼醒睡笑』(1623) 등이 있고, 도미야마 도야富山道冶는 돌팔이 의사 지쿠사이竹斎의 우스꽝스러운 동해도 여행기『지쿠사이竹斎』(1624)를 기술했다. 가나조시의 대표 작가로는 오랜 동안 로닌浪人 생활을 하다가 승려가 된 아사이 료이浅井了意(?~1691)가 있다. 대표작으로는 우키요보浮世房의 일대기인『우키요 모노가타리浮世物語』(1661),『도카이도 명소기東海道名所記』(1661), 괴담 소설집『오토기보코御伽婢子』(1666) 등이 있다. 이러한 가나조시는 서민들의 계몽 수단으로 실용적이고 오락적인 내용이 기술되었기 때문에 문학성은 다소 결여되지만 본격적인 근세 소설인 우키요조시로 이어진다는 점에 그 의의가 있다.

2) 우키요조시

우키요조시浮世草子는 17세기 후반 약 100년 동안 가미가타上方를 중심으로 향락 생활과 호색생활을 사실적으로 그린 풍속소설이다. 우키요란 불교의 무상관이나 염세사상을 의미하는 우키요憂世를 향락을 즐기는 세상이라는 의미로 우키요浮世로 표현한 것이다. 따라서 우키요조시는 중세적인 분위기가 아직 남아있는 과도기적 가나조시의 뒤를 이은 근세의 본격적인 소설이다. 최초의 우키요조시는 이하라

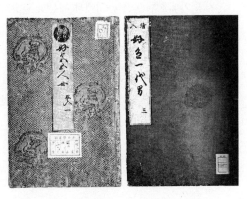

┃고쇼쿠이치다이오토코(『日本古典文学全集』 38, 小学館, 1973)

사이카쿠井原西鶴(1642~93)의『고쇼쿠이치다이오토코好色一代男』(1682)로 주인공 요노스케世之介

가 7세부터 60세까지 54년 동안 호색적인 일생을 살아가는 향락세계를 묘사한 것이다.

사이카쿠는 오사카大坂의 부유한 초닌이었는데, 15세 무렵부터 하이카이를 배우기 시작해 니시야마 소인西山宗因의 제자로 단린談林파 하이진俳人이 되었다. 그는 야카즈 하이카이矢数俳諧로 하루 밤낮 동안 23,500구의 하이카이를 지어 스스로 니만오二万翁라 칭하고, 이후 20여 편의 우키요조시를 창작한다. 그의 작품은 내용별로 호색물好色物, 잡화물雑話物, 무가물武家物, 조닌물町人物 등으로 나눈다. 사이카쿠는 호색물『고쇼쿠이치다이오토코』가 호평을 받자 이어서 기술한『고쇼쿠이치다이온나好色一代女』(1686),『고쇼쿠고닌온나好色五人女』(1686) 등이 있고, 잡화물로는『사이카쿠쇼코쿠바나시西鶴諸国ばなし』(1685),『혼초니주후코本朝二十不孝』(1686), 무가물로는『부도덴라이키武道伝来記』(1687),『부케기리 모노가타리武家義理物語』(1688), 조닌물로는『니혼에이다이구라日本永代蔵』(1688),『세켄무네잔요世間胸算用』(1692),『사이카쿠오키미야게西鶴置土産』(1692) 등이 있다.

사이카쿠가 죽은 후 그의 패러디 작품이 많이 출판되어 한동안 유행이 이어진다. 주요 작가로는 니시자와 잇푸西沢一風(1665~1731)와 호죠 단스이北条団水(1663~1711) 등이 있었다. 특히 에지마 기세키江島其磧(1666~1735)의『세겐무스코카다기世間子息気質』(1715)나『우키요오야지카다기浮世親仁気質』등은 인간의 유형을 분석한 가타기모노気質物의 새로운 영역을 개척했다. 또한 이러한 우키요조시를 주로 교토의 하치몬지야八文字屋라고 하는 출판사에서 간행했기 때문에 하치몬지야본八文字屋本이라고 한다. 이후 우키요조시는 같은 예리한 심리분석이나 표현력이 따르지 못하고 매너리즘화 한다.

<『고쇼쿠이치다이오토코』권1, '불을 끄면 사랑의 시작'>

벚꽃이 떨어지면 한탄의 시작이고, 달도 기한이 있어 산기슭으로 들어가 버린다. 여기에 다지마 지방 가네호루 마을 근처에서 세상의 일상사는 돌보지 않고, 자나 깨나 여색·남색을 밝히는 일에 빠져, 이름도 유메스케라고 바꾸고 도읍으로 올라온 사람이 있었다. 당시에 호색한으로 유명한 나고야의 산자, 가가의 하치 등과 마름의 7개 문양을 기치로 도당을 만들어, 몸은 술독에 빠져있고, 일조 호리카와의 모도리바시 길을 한밤중에 지나는데, 어떤 때는 젊은이로 분장하고, 어떤 때는 검고 긴 소매옷의 승려로 변장하기도 하고, 또는 갈기 머리 가발을 쓰고 멋을 부리고, 도깨비가 지나간다는 것은 이를 두고 하는 말일 것이다.

<『好色一代男』巻1,「けした所が恋はじめ」>

桜もちるに嘆き、月はかぎりありて入佐山、ここに但馬の国かねほる里の辺に、浮世の事を外になして、色道ふたつに寝ても覚めても夢介とかへ名よばれて、名古や三左、加賀の八などと、七つ紋の菱にくみして、身は酒にひたし、一条通、夜更けて戻り橋、ある時は若衆出立、

姿をかへて墨染の長袖、又はたて髪かづら、化物が通るとは誠にこれぞかし。

<『니혼에이다이구라』 권1-1, '첫 오일에 말을 타고 오는 행운'>

하늘은 말없이 국토에 큰 은혜를 베푼다. 사람은 성실해도 허위에 이르는 경우가 많다. 그것은 사람의 마음이 본래 무의 상태이고 사물에 반응하기 때문이다. 이처럼 인간은 선악의 사이에서 흔들리며 살아가는데, 올바른 이 시대를 느긋하게 살아가는 사람은 사람 중의 사람으로 범인과는 다른 사람이다. (중략) 곰곰이 생각해보니, 세상 사람들이 원하는 것 중에서 돈으로 되지 않는 것은 천하에 다섯 가지가 있다. 이 이외에는 돈으로 다 된다. 그렇다면 금은보다 더 좋은 보물을 없을 것이다.

<『日本永代蔵』巻1-1, 「初午は乗つてくる仕合せ」>

天道言はずして国土に恵みふかし。人は実あつて偽りおほし。その心は本虚にして、物に応じて跡なし。これ、善悪の中に立つてすぐなる今の御世をゆたかにわたるは、人の人たるがゆゑに常の人にはあらず。(中略) ひそかに思ふに、世にある程の願ひ、何によらず銀徳にて叶はざる事、天が下に五つあり[29]。それより外はなかりき。これにましたる宝船の有べきや。

3) 요미혼

요미혼読本이란 그림책絵本이나 조루리浄瑠璃와 달리 읽기 위한 소설인데, 중국의 번안소설을 비롯한 와칸콘코분和漢混交文으로 기술된 본격적인 소설을 지칭한다. 요미혼에는 권두화를 비롯한 삽화가 들어가고, 전기적伝奇的·교훈적이고, 불교적인 윤회사상이 깔려있는 장편이 많다. 요미혼은 18세기 중반 하치몬지야본의 쇠퇴와 함께 가미가타에서 발생하여 점차 에도로 이동한다. 가미가타 중심의 소설을 전기 요미혼, 에도 중심의 소설을 후기 요미혼이라고 한다.

전기 요미혼의 창시자 쓰가 데이쇼都賀庭鐘(1718~94?)는 유학자이며 의사였는데, 중국 백화白話 소설의 번안인 『하나부사소시英草紙』(1749), 『시게시게야와繁野話』를 발표했다. 이에 이어서 다케베 아야타리建部綾足(1719~74)의 『니시야마 모노가타리西山物語』(1768), 『혼초스이코덴本朝水滸伝』(1773)이 나왔다. 그리고 우에다 아키나리上田秋成(1734~1809)의 『우게쓰 모노

▌우에다 아키나리(『日本古典文学全集』 48, 小学館, 1973)

---

29) 地水火風空의 五輪으로 생성되는 인간의 생명.

▌우게쓰 모노가타리(『日本古典文学全集』 48, 小学館, ▌우게쓰 모노가타리, '황폐한 집' (『日本の古典』 19, 学研, 1984)
1973)

▌산토 교덴(『日本古典文学全集』 47, 小学館, 1973)

가타리雨月物語』(1776), 『하루사메 모노가타리春雨物語』(1808) 등은 전기 요미혼의 걸작이다.

후기 요미혼의 대표작가 산토 교덴山東京伝(1761~1816)은 처음에 기뵤시黄表紙나 샤레본洒落本의 작가였지만, 출판 단속 이후 요미혼 작가로 변신하여 『충신수호전忠臣水滸伝』, 『무카시가타리이나즈마뵤시昔語稲妻表紙』(1806) 등을 발표하여 했다. 교덴의 제자였던 다키자와 바킨滝沢馬琴(1767~1848)은 수많은 요미혼을 창작하여 후기의 대표 작가라 할 수 있다. 특히 28년간의 노력 끝에 완성한 『난소사토미핫켄덴南総里見八犬伝』(1814~42)은 96권 106책의 장편으로 무로마치 시대에 아와安房의 영주 사토미里見 집안을 위해 여덟 명의 가신들이 충성을 다한다는 이야기에는 유교와 불교에 근거한 권선징악과 인과응보의 사상이 깔려있다. 이

이외에도 『진세쓰유미하리즈키椿説弓張月』(1807~11)는 호겐의 난에서 패한 미나모토노 다메토모源為朝(1139~70)가 이즈伊豆에 유배되었다가 규슈九州와 류큐琉球로 건너가서 활약한다는 이야기이다. 다키자와 바킨은 후기 요미혼의 대표 작가로서 근세 말에서 근대 초기까지 많은 독자들의 사랑을 받았다.

<『우게쓰 모노가타리』 권2, '황폐한 집'>

시모우사의 가쓰시카 고을 마마 마을에 가쓰시로라는 남자가 있었다. 할아버지 때부터 오래 동안 이곳에 살아서, 논밭을 소유하고 부유하게 살았지만 원래 담백한 성격으로 힘든 농사일을 싫어하며

지내는 동안에 점점 몰락하여 가난해져 버렸다. (중략) 이 때 해는 점차 서쪽으로 저물고, 비구름은 막 쏟아질듯이 어두웠지만, 이전부터 살아온 동네였기에 헷갈릴 일도 없다고 생각하여, 여름풀이 무성한 벌판을 헤치며 나아가자, 옛 노래에서도 유명한 마마의 다리도 썩어서 개울에 떨어지고, 말 발굽 소리가 들리기는커녕 논도 밭도 완전히 황폐해져 옛날 길도 알 수 없고 있던 집들도 보이지 않는다.

<『雨月物語』巻之二,「浅茅が宿」>

下総の国葛飾郡真間の郷に、勝四郎といふ男ありけり。祖父より旧しくここに住み、田畠あまた主づきて家豊に暮しけるが、生長て物にかかはらぬ性より、農作をうたてき物に厭ひけるままに、はた家貧しくなりにけり。(中略) 此の時日ははや西に沈みて、雨雲は落ちかかるばかりに闇けれど、旧しく住みなれし里なれば迷ふべうもあらじと、夏野わけ行くに、いにしへの継橋も川瀬におちたれば、けに駒の足音もせぬに、田畑は荒れたきままにすさみて旧の道もわからず、ありつる家居もなし。

4) 샤레본・곳케이본・닌조본

샤레본洒落本은 에도 중기 한시문에 뛰어난 지식인들이 유곽遊郭에서 일어나는 유객과 유녀의 모습이나 풍속을 묘사한 소설이다. 그런데 샤레본이 간세이寛政(1787~93)의 개혁에서 풍속을 헤친다고 하여 발매금지 처분을 받자, 풍자를 빼고 우스꽝스러운 내용을 가미한 것이 곳케이본滑稽本이다. 그리고 샤레본의 주인공을 서민 남녀로 바꾸어 복잡한 연애소설로 그린 것이 닌조본人情本이다.

샤레본은 가미가타上方의 이나카로진다다노지지田舎老人多田爺가 기술한 『유시호겐遊子方言』(1770)에서 회화체의 세련된 양식이 확립된다. 이후 샤레본을 완성한 산토 교덴山東京伝은 『쓰겐소마가키通言総籬』(1787), 『게이세이가이시쥬핫테傾城買四十八手』(1790) 등의 걸작을 남긴다. 교덴은 이들 작품에서 요시하라吉原의 유녀를 모델로 쓰通라고 하는 손님과 유녀의 세련된 교섭을 그렸다. 그러나 간세이의 개혁으로 교덴의 작품이 처벌을 받자 샤레본은 점차 쇠퇴한다.

곳케이본滑稽本은 웃음을 목적으로 쓴 소설인데, 18세기 중반에 유행한 단기본談義本 계통을 전기 곳케이본이라 하고, 19세기 이후에 나온 것을 후기 곳케이본이라 한다. 전기 곳케이본은 골계와 교훈성, 세태의 풍자가 수반된 작품이 많다. 대표작으로는 난학자蘭学者[30]로 활약했던 히라가 겐나이平賀源内(1728~79)가 후라이산진風来山人이라는 필명으로 쓴 『네나시구사根南志具佐』(1763), 『후류시도켄덴風流志道軒伝』(1763)이 있다.

---

30) 일본 에도 시대에 화란(네덜란드)을 통해 전래된 과학, 의학 등의 서양 학문을 연구한 학자.

▮ 짓펜샤 잇쿠(『日本古典文学全集』 49, 小学館, 1973)

▮ 도카이도추히자쿠리게 삽화 (『日本古典文学全集』49, 小学館, 1973)

후기 곳케이본은 짓펜샤 잇쿠十返舎一九(1765～1831)의 『도카이도추히자쿠리게東海道中膝栗毛』(1802～22)의 출판 이후이다. 여기서 「히자쿠리게膝栗毛」는 밤색 말栗毛 대신에 무릎膝으로 걸어서 여행한다는 뜻이다. 『히자쿠리게』는 도카이도東海道를 여행하며 실패와 우행愚行을 반복하는 야지로베弥次郎兵衛와 기타하치北八의 대화를 교카狂歌를 포함한 대화체로 그린 작품으로 출판 후 21년간에 걸쳐 베스트셀러였다고 한다. 이후 시키테이 산바式亭三馬는 서민들

▮ 시키테이 산바(『日本古典文学全集』 47, 小学館, 1973)

의 사교장이었던 공중목욕탕銭湯과 이발관床屋을 무대로 『우키요부로浮世風呂』(1809～13), 『우키요도코浮世床』(1812～14) 등을 기술했다.

닌조본人情本은 에도 시대의 마지막 소설 장르이다. 후기 요미혼과 사례본의 사실적 풍속묘사 수법을 도입하여 주로 남녀의 사랑과 갈등을 묘사하여 부녀자들의 눈물을 자아내는 연애소설이다. 대표 작품으로는 다메나가 슌스이為永春水(1790～1843)의 『슌쇼쿠우메고요미春色梅児誉美』(1832～33), 『하루쓰게도리春告鳥』(1837) 등이 있다. 18세기 중엽 슌스이가 풍속을 어지럽혔다는 이유로 처벌을 받고 죽은 후, 닌조

▮ 다메나가 슌즈이 (『日本古典文学全集』 47, 小学館, 1973)

본은 쇠퇴하지만 메이지明治 시대의 문학에 큰 영향을 미치게 된다.

<『도카이도추히자쿠리게』초편, '야지로베와 기타하치의 동해도 여행'>

그곳(가나가와의 여관 근처)에서 두 사람은 말을 내려 걸어가는데, 가나가와의 언덕에 도착했다. 이곳은 한쪽으로 찻집들의 처마가 늘어서 있는데, 어느 곳이나 2층에 방을 만들고, 난간이 붙은 다리를 설치하여, 물가의 경치가 대단히 멋지다. 찻집의 여자가 모퉁이에 서서, '쉬었다 가세요. 따뜻한 찬밥도 있어요. 막 익힌 안주를 식힌 것도 있어요. 맛없는 메밀 국수도 드세요. 맛없는 우동도 있어요. 쉬었다 가세요.' 두 사람은 여기서 한잔 마시고 힘을 내려고, 찻집으로 들어가며,

야지 : "기타하치, 봐라, 아름다운 후토에몬(처녀?)이야.", 기타하치 : "허허, 정말이네. 예쁜 처녀네. 그런데 뭐가 있는가."하고 물었다. 기타하치가 그쪽을 둘러보고 안주를 시키고 술을 주문한다. 처녀는 앞치마로 손을 닦으며, 소금구이 전갱이를 데우고, 술 주전자와 술잔을 가지고 나와, 처녀 : "음식 나왔습니다.", 야지 : "네가 구은 전갱이는 맛이 좋겠지."라고 했다. 처녀는 "흥"하고 웃으며 밖으로 손님을 부르며 나갔다.

<『東海道中膝栗毛』初編、「弥次郎兵衞と喜多八の東海道旅行」>

夫より二人とも、馬を下りてたどり行くほどに、金川の台に来る。爰は片側に茶屋軒をならべ、いづれも座敷二階造、欄干つきの廊下桟などわたして、浪うちぎはの景色いたつてよし。ちゃやのおんなかどに立て、「おやすみなさいやアせ。あつたかな冷飯もございやアす。煮たての肴のさめたのもございやアす。そばのふといのをあがりやアせ。うどんのおつきなのもございやアす。お休みなさいやアせ。」二人はここにていっぱい気をつけんとちゃやへはいりながら、弥次「きた八見さつし、美しい太へもんだ。」北八「ハヽアいかさま、いゝ娘だ。時になにがある。」ト北八そこらを見廻し、さかなをさしづして、さけをいいつける。むすめ前だれで手をふきふき、しおやきのあぢをあたゝめ、てうし盃を持ち出し、娘「これはお待ちどうさまでございやした。」弥次「おめへの焼いた鰺なら味かろふ。」トむすめフヽンとわらいながら、おもてのほうをむいてよびながらゆく。

4) 구사조시

구사조시草双紙는 17세기 후반, 가나仮名와 그림이 콜라보레이션 된 이야기책이다. 시기에 따라 내용과 표지, 장정이 아카혼赤本, 구로혼黒本·아오혼青本, 기보시黄表紙, 고칸合巻의 순으로 변천했다. 아카혼은 아이들을 위한 동화적인 소재를 다룬 책으로, 『시타키레스즈메舌きれ雀』, 『사루카니갓

센『猿蟹合戦』 등이 있다. 구로혼은 아오혼과 함께 그림이 복잡하고 성인취향의 창작으로 연극의 줄거리를 소개한 책도 많았다.

특히 기뵤시는 본격적인 성인 취향의 그림책으로, 아오혼과 확연히 달라지는 것은 고이카와 하루마치恋川春町(1744~89)의 『긴킨센세이 에이가노유메金々先生栄花夢』(1775)가 출판된 이후이다. 하루마치는 우키요에浮世絵[31]를 그리고, 교카狂歌를 읊기도 했기 때문에 그림과 노래로 당시의 풍속을 사실적·풍자적으로 묘사했다. 이어서 산토 교덴山東京伝의 『에도우마레 우와키노카바야키江戸生艶気樺焼』(1785), 시바젠코芝全交(1750~93)의 『다이지히센롯폰大悲千禄本』 등이 있다. 이러한 풍속의 풍자적 작품은 곧 막부의 제재를 받아 교훈적인 복수담이나 괴담풍의 소설로 전환된다.

고칸은 원수를 갚는 복수담이 유행함에 따라 기뵤시를 몇 권 함께 묶은 장편소설이다. 고칸의 시작은 19세기 초 시키테이 산바式亭三馬(1776~1822)의 『이카즈치타로고아쿠 모노가타리雷太郎強悪物語』부터이다. 특히 류테이 다네히코柳亭種彦(1783~1842)의 대표작인 『니세무라사키이나카겐지偐紫田舎源氏』(1829~42)는 큰 호평을 받지만, 장군 도쿠가와 이에나리家斉의 사생활을 다루었다고 하여 절판의 처벌을 받는다. 이후에도 고칸은 점점 장편화 하여 근대 이후까지 이어진다.

<『긴킨센세이 에이가노유메』 상, 1>

지금은 옛날이지만, 시골에 가나무라야 긴베라는 사람이 있었다. 천성이 낙천적이라 세상을 즐기려고 생각하지만 너무나 가난해서 마음대로 되지 않았다. 그래서 곰곰이 생각한 끝에 번화한 도시로 나가 일을 해서 돈을 벌어 마음대로 즐기려고 생각했다. 그래서 에도로 출발하기 전에 운명의 신으로 유명한 메구로의 부동명왕에 참배하여 운을 기원하려고 했다. 그런데 벌서 저녁 무렵이고, 배도 고파서 명물인 조떡을 먹으려고 가게에 들어갔다.

<『金々先生栄花夢』上, 一>

今はむかし、片田舎に金村屋金兵衛といふ者ありけり。生まれつき心優にして、うき世の楽しみを尽くさんと思へども、いたつて貧しくして、心にまかせず。よつてつくづく思ひつき、繁華の都へ出て奉公をかせぎ、世に出て思ふままにうき世の楽しみをきはめんと思ひ立ち、まづ江戸の方へと志しけるが、名に高き目黒不動尊は運の神なれば、これへ参詣して運のほどを祈らんと詣でけるが、はや日も夕方になり、いと空腹になりければ、名代の粟餅を食はんと立ち寄りける。

---

31) 에도의 서민적인 풍속화로 육필도 있었지만 특히 판화가 유명하다. 그림의 주제는 유리나 연극의 장면, 미인도, 풍경, 배우, 씨름꾼力士, 화조花鳥 등 다양한 소재를 그렸다. 대표적인 화가는 도리이 기요나가鳥居清長, 우타마로歌麿, 샤라쿠写楽, 혹사이北斎, 히로시게広重 등이 있다.

3. 시가

1) 와카와 국학

근세의 가단은 중세 가학歌学의 전통을 계승한 귀족들, 소위 당상 가인의 와카가 중심이었다. 전국시대의 무장이었던 호소카와 유사이細川幽斎(1534~1610)는 고킨덴주古今伝授를 통해 마쓰나가 데이토쿠松永貞徳(1571~1653) 등 많은 가인들을 양성했다. 특히 문하생 기노시타 초쇼시木下長嘯子(1569~1649)는 자유롭고 참신한 와카를 읊었다. 그리고 17세기 후반 에도의 서민 도다 모스이戸田茂睡(1629~1706)는 『나시노모토슈梨本集』(1700)를 편찬하여 전통 와카를 비판한다. 오사카大阪의 시모코베 초류下河辺長流(1626~86)는 『만요슈』에 관한 연구서 『만요슈칸켄万葉集管見』(1660)을 기술했다. 초류의 뒤를 이은 게이추契沖(1640~1701)는 『만요다이쇼키万葉代匠記』(1690)를 완성하여, 문헌학적·실증적 고전연구의 방법을 확립한다.

게이추의 영향으로 가타노 아즈마마로荷田春満(1669~1736)는 유교와 불교가 도래하기 이전의 일본정신을 밝히고자 했는데, 이것은 『고지키』, 『니혼쇼키』, 『만요슈』 연구를 통한 국학国学의 출발로 볼 수 있다. 국학은 그의 문하생 가모노 마부치賀茂真淵(1697~1769)에 의해 완성되는데, 마부치는 아즈마마로春満의 사상과 게이추의 실증적 연구방법을 계승하여 『만요코万葉考』(1760년경)를 완성한다. 마부치는 가인으로서 『만요슈』의 가풍을 남성다운 '마스라오부리ますらをぶり'라고 정의했고, 문하생 가토 치카게加藤千蔭(1735~1808)는 가집 『우케라가하나うけらが花』(1802)를, 무라다 하루미村田春海(1746~1811)는 『고토지리슈琴後集』(1810)를 편찬했다.

마부치의 문하에 들어간 모토오리 노리나가本居宣長(1730~1801)는 실증적인 연구를 통해 마부치真淵의 국학을 완성한다. 노리나가는 수필집 『다마카쓰마玉勝間』(1795)를 기술하고, 『겐지 모노가타리 다마노오구시源氏物語玉の小櫛』(1796)에서는 『겐지 모노가타리』의 본질을 '모노노아와레もののあはれ'로 지적했다. 그는 원래 이세 마쓰자카伊勢松阪의 의사였는데, 마부치의 문하에서 '야마토고코로大和心'[32]를 신봉하는 입장에서 『고지키덴古事記伝』(1798)을 남겼다. 이러한 노리나가의 고대정신 추구는 히라타 아쓰타네平田篤胤(1776~1843) 등으로 계승된다.

근세 후기 교토에서는 오자와 로앙小沢蘆庵(1723~1801)이 와카를 자연스럽게 읊어야 한다는 '다다고토우타ただこと歌'를 주창했다. 이 가풍을 이어받은 가가와 가게키香川景樹(1768~1843)는 마음속에서 느끼는 감정을 그대로 읊어야 한다는 '시라베노세쓰しらべの説'를 역설했다. 이 유파를

---

32) 가라고코로漢心에 대응하는 일본인의 심성으로 야마토다마시大和魂와 거의 같은 의미로 사용됨. 『大鏡』에 초출. 『広辞苑』에는 '일본인이 갖고 있는 우아하고 부드러운 심정'이라고 되어 있다. 근대 이후 군국주의 일본이 추앙하는 이념으로 정착됨.

게이엔하桂園派라고 하는데 메이지明治 초기까지 가단의 주류가 된다. 그리고 지방의 에치고越後에 서는 료칸良寛(1758~1831), 에치젠越前의 다치바나 아케미橘曙覧(1812~68), 치쿠젠筑前의 오쿠마 고토미치大隈言道(1798~1868) 등 각지에서 개성적인 가인들이 활약했다.

가을 날 밤이 맑게 개었구나. 넓은 하늘 빛나는 달빛에 기러기 날아간다 (가모노 마부치)

秋の夜のほがらほがらと天の原てる月影に雁なきわたる　(賀茂真淵)

시키시마의 야마토 정신을 누가 물으면 아침 해에 빛나는 산 벚꽃이라네 (모토오리 노리나가)

敷島の大和心を人間はば朝日に匂ふ山ざくら花　(本居宣長)

밝은 달빛 그늘에서 보면 산 벚꽃 나무 가지 흔들리네. 지금 꽃이 지누나 (가가와 가게키)

照る月のかげにて見れば山ざくら枝動くなり今か散るらむ (香川景樹)

<『겐지 모노가타리 다마노오구시』 제1권, '모든 모노가타리 서적'>

중고시대에 모노가타리라고 하는 책이 있다. 모노가타리란 지금 세상의 이야기라고 하는 것으로 즉 옛날이야기이다. 『일본서기』에 '담'이라는 글자를 모노가타리라고 읽는다. 그것을 책이름으로 붙여 만든 것은, 『겐지 모노가타리』의 '에아와세 권'에서 '모노가타리가 만들어진 시초인 다케토리 노 오키나에 우쓰호 모노가타리의 도시카게를 겨루어'라고 되어 있어, 이는 『다케토리 모노가타리』 가 처음이라는 것이다. 그 모노가타리가 언제부터 만들어졌는가는 분명하지 않지만, 그리 오래된 것 같지는 않다. 엔기(901~922) 시대보다 이후의 일이라 생각된다. (중략)

모노가타리는 유불의 엄격한 도덕처럼 혼미에서 깨달음의 경지에 들어가는 도리가 아니다. 또 나 라와 가정과 몸을 수양하는 가르침이 아니다. 단지 세간의 모노가타리이기 때문에 그런 종류의 선악 에 관한 이야기는 잠시 놓아 두고 그다지 관계없는 단지 모노노아와레를 이해하는 좋은 점을 내세워 좋다고 하는 것이다. 이 마음을 사물에 견주어 말하자면 연꽃을 심어놓고 이를 감상하려는 사람이 흐리고 지저분하지만 진흙물을 가두는 것과 같다. 모노가타리에 불윤의 사랑을 그리는 것도 흐린 진 흙을 보려는 것이 아니라, 모노노아와레라는 꽃을 피우는 재료인 것이다.

<『源氏物語玉の小櫛』第一巻,「すべての物語書の事」>

中むかしのほど、物語といひて、一くさのふみあり。物がたりとは、今の世に、はなしとい ふことにて、すなはち昔ばなし也。日本紀に、談といふ字をぞ、ものがたりと訓たる。そを書 に名づけて、作れることは、絵合の巻に、「物語のいできはじめのおやなる、竹取の翁に、う

つほのとしかげを合せて」とあれば、 此竹取やはじめなりけむ。その物語、たがいつの代につくれりとは、さだかにはしられねども、 いたくふるき物とも見えず。延喜などよりは、こなたの物とぞ見えたる。(中略)

　物語は、儒仏などのしたたかなる道のやうに、迷ひを離れて悟りに入るべき法[のり]にもあらず、また国をも家をも身をも修むべき教へにもあらず。 ただ世の中の物語なるがゆゑに、さる筋の善悪の論はしばらくさしおきて、 さしもかかはらず、 ただもののあはれを知れるかたのよきを、 とりたててよしとはしたるなり。 この心ばへを物にたとへて言はば、蓮[はちす]を植ゑてめでむとする人の、 濁りてきたなくはあれども、 泥水[ひぢみづ]をたくはふるがごとし。物語に不義なる恋を書けるも、 その濁れる泥をめでてにはあらず、 もののあはれの花を咲かせん料[かて]ぞかし。

2) 한시문과 유학

에도막부의 장군 도쿠가와 이에야스는 봉건 질서를 유지하기 위한 정신적인 지주로 도덕을 중요시하는 주자학朱子学을 관학으로 채택했다. 유학자 하야시 라잔林羅山(1583~1657)은 4대의 장군을 모시며 후학을 양성했고, 아라이 하쿠세키新井白石(1657~1725)는 6대 장군 이에노부家宣를 모시며 자전적 수필『오리타쿠시바노키折たく柴の記』(1716)를 남겼다. 17세기 말의 겐로쿠 시대에 교토 초닌 출신의 유학자 이토 진사이伊藤仁斎(1627~1705)는 인仁을 중시한 고의학古義学을 제창했고, 오규 소라이荻生徂徠(1666~1728)는 유학을 도덕보다 정치의 학문으로 파악하여 고문사학古文辞学을 주장했다.

이들은 『논어』와 같은 유학의 연구를 고학古学이라 했는데, 이는 이후의 국학에 많은 영향을 미치게 된다. 그리고 이들 유학자들은 유학의 여기余技로 한시문과 수필을 남겼다. 지방에서도 빈고備後의 간 차잔菅茶山(1748~1827), 분고豊後의 히로세 탄소広瀬淡窓(1782~1856), 히로시마広島의 라이 산요頼山陽(1780~1832), 미노美濃의 야나가와 세이간梁川星巌(1789~1858) 등 우수한 시인들이 배출되었다.

3) 하이카이

(1) 데이몬

하이카이俳諧는 하이카이렌가俳諧連歌의 약칭으로, 중세에 유행했던 귀족적인 렌가의 여흥에서 파생한 장르이다. 무로마치 시대의 야마자키 소칸이나 아라키다 모리다케 등의 하이카이는 우스꽝스러운 내용이 생명이었는데 계속되는 전란 속에 소멸되었다. 근세의 초기에 하이카이를 서민문학으로 독립시켜 전국적으로 확산시킨 것은 교토의 마쓰나가 데이토쿠松永貞徳(1571~1653)였다. 그 유파를 데이몬貞門이라 하는데 대표적인 문하생으로 기타무라 기긴北村季吟(1624~1705)이 있었다. 그리고 데이몬 최초의 하이카이집『에노코슈犬子集』(1633)가 편찬되고, 데이토쿠는 하이카이의 양식과 특징, 작법을 기술한『고산御傘』(1651)을 간행했다. 그러나 데이몬은 하이카이를 와카나 렌가보다 한 단계 낮은 것이라는 생각에서 벗어나지 못했기 때문에 보수적인 경향이 있었다.

봄 안개조차 얼룩덜룩 하구나 범띠 해에는 (데이토쿠)

霞さへまだらにたつやとらの年 (貞徳)

벚꽃구경도 식후경인 것처럼 돌아가는 기러기 (데이토쿠)

花よりも団子やありて帰雁 (貞徳)

(2) 단린

데이몬 하이카이가 매너리즘에 빠져 있는 동안, 17세기 후반부터 오사카를 중심으로 일어난 새로운 경향의 문단이 단린談林 하이카이이다. 니시야마 소인西山宗因(1605~82)과 그 문하인 이하라 사이카쿠井原西鶴(1642~93)는 오사카 초닌들의 왕성한 경제력을 배경으로 자유분방한 하이카이를 읊었다. 단린 하이카이는 소재나 용어, 연구連句에 있어서 형식에 억매이지 않고 자유롭고 기발한 구를 읊었다. 특히 사이카쿠는 정해진 시간 안에 얼마나 더 많은 하이카이를 읊는가를 겨루는 시합인 야카즈 하이카이矢数俳諧에 뛰어났다. 그는 1686년 일 주야에 23,500구를 지어 기록을 세웠지만, 단린 하이카이는 점차 산문화 되고 유희적 성격이 짙어진다. 이 후 우에지마 오니쓰라上島鬼貫(1661~1738), 야마구치 소도山口素堂(1642~1716), 마쓰오 바쇼松尾芭蕉(1644~94) 등은 하이카이를 순수한 문학적 태도로 읊어야 한다고 생각한다.

벚꽃을 오래 바라보니 목뼈가 아프기만 해 (소인)

ながむとて花にもいたしくびの骨 (宗因)

(3) 쇼몬

마쓰오 바쇼의 쇼몬焦門 하이카이를 쇼후焦風라고 한다. 바쇼는 이가우에노伊賀上野에서 태어나 기타무라 기긴의 문하에서 데이몬 하이카이를 배웠다. 이후 바쇼는 고향을 떠나 에도에서 단린

▌마쓰오 바쇼(『日本古典文学全集』41, 小学館, 1973)

▌바쇼 7부집(『日本古典文学全集』32, 小学館, 1973)

▌야마가타현山形県 릿샤쿠지立石寺

▌바쇼의 단자쿠短冊 (『日本古典文学全集』 41, 小学館, 1973)

하이카이의 영향을 받았고, 1680년경 후카가와深川에 바쇼암芭蕉庵을 짓고 한적한 풍류를 즐기며 살았다. 17세기 말 바쇼는 중세의 사이교西行나 소기宗祇와 같이 여행을 통해 쇼후 하이카이를 완성 하려고 했다. 그리하여 5회에 걸친 긴 여행을 하고 기행문『노자라시 기행野ざらし紀行』(1684), 『가시 마 기행鹿島紀行』(1687), 『오이노코부미笈の小文』(1688), 『사라시나 기행更級紀行』(1688), 『오쿠노호소 미치奥の細道』(1689)를 기술했다. 바쇼가 여행을 감행한 것은 자연을 벗하기 위한 것도 있지만, 옛 날의 가인들과 자신을 일체화 하려는 의도가 있었다.

그리고 바쇼의 하이카이는 후대에 간행된 『후유노히冬の日』, 『하루노히春の日』, 『히사고ひさご』, 『사루미노猿蓑』, 『스미다와라炭俵』 등의 『바쇼 7부집芭蕉七部集』에서 쇼후의 정신이 완성된다. 특히

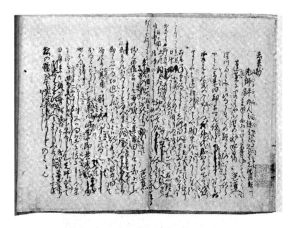

바쇼는 하이카이집『사루미노』(1691)에서 '사비さび', '시오리しをり', '가루미ほそみ' 등의 한적하고 고상한 미의식을 실현한다. 그리고 만년에 완성한『스미다와라炭俵』(1694) 에는 '가루미軽み'라는 소박한 이념이 나타나 있다.

교라이쇼(『日本古典文学全集』51. 小学館. 1973)

바쇼가 죽은 후 쇼몬 하이카이는 쇼몬 짓테쓰蕉門十哲라고 하는 제자들에게 이어진다. 특히 핫토리 도호服部土芳(1657~1730)는『산조시三冊子』(1702)에서 바쇼 만년의 하이카이 이념인 '후에키류코不易流行'[33]의 이론을 전하고 있다. 또한 무카이 교라이向井去来(1651~1704)는 하이카이 이론서『교라이쇼去来抄』(1704년경)를 편찬했다. 그리고 제자들 중에서 에노모토 기카쿠榎本其角(1661~1707)는 도회적이며 세련된 구를, 핫토리 란세쓰服部嵐雪(1654~1707)는 고상한 구를 읊었으나, 가가미 시코各務支考(1665~1731)는 평이한 가풍을 확립했다. 그러나 쇼후도 제자들의 분열로 유파가 나누어져 점차 쇠퇴해지고 저속화 한다.

<바쇼의 하이카이>

보름달이여 연못을 돌면서 밤이 새누나 (도세이,『히토쓰마쓰』)

名月や池をめぐりて夜もすがら (桃青,『孤松』)

오래된 연못 개구리 뛰어드는 물소리 풍덩 (바쇼『하루노히』)

古池や蛙飛こむ水のおと (芭蕉,『春の日』)

적막하도다 바위를 파고드는 매미소리여 (바쇼,『오쿠노호소미치』)

閑さや岩にしみ入蟬の声 (芭蕉,『おくのほそ道』)

찬비 내리니 원숭이도 도롱이 바라는 듯하네 (바쇼,『사루미노』)

初しぐれ猿も小簑をほしげ也 (芭蕉,『猿蓑』)

자반 도미의 잇몸도 시리겠네 어물전 좌판 (바쇼,『고모지시슈』)

---

33) 불변하는 것은 시의 영속성이고 유행은 그 때의 새로운 풍속이다. 이 두 가지가 근본에 있어서 같다는 이론.

塩鯛の歯ぐきも寒し魚の店 (芭蕉,『薦獅子集』)

푸른 폭포여 물결에 떨어지는 소나무 잎새 (바쇼,『바쇼옹 추선일기』)

清滝や波に散込青松葉　(芭蕉,『芭蕉翁追善之日記』)

여행에 병 깊어 꿈에는 마른 들판 돌아다닌다 (바쇼,『오이 일기』사세구)

旅に病で夢は枯野をかけ廻る　(芭蕉,『笈日記』辞世句)

<『오쿠노호소미치』서두>

해와 달은 영원한 나그네로 오가는 해도 또한 여행
자이다. 배 위에서 한 평생을 보내고, 말고삐를 잡고
노경을 맞이하는 사람은 하루하루가 여행이며 여행
이 곧 보금자리와 같다. 옛날 사람들도 여행을 하다
죽은 이들이 많이 있다. 나도 어느 해부터인가 한 조
각의 구름이 바람에 이끌리듯이 방랑을 계속한다. 해
변가를 유랑하여 작년 가을에는 스미다 강변의 누추
한 집의 거미줄을 틀어내고 지내다, 점점 해도 저물고
입춘이 되는 안개 낀 하늘을 바라보며 시라카와의 관
문을 넘어가 봐야지 라고 꼬드기는 신에 이끌려 마음
이 동요되고, 여행의 수호신에 이끌려 아무 일도 손
에 잡히지 않는다. 이에 잠방이가 터진 곳을 깁고 우
산의 줄을 갈고 삼리 혈에 뜸을 놓으니 마쓰시마의 달
이 먼저 마음에 떠오른다. 살고 있던 집은 다른 사람
에게 빌려주고 제자인 산푸의 별장으로 옮기면서,

초가 사립문도 새로이 사는 사람은 인형의 집안
첫 8구를 암자의 기둥에 걸어둔다.

■ 오쿠노호소미치, 스마須磨(『日本の古典』19, 学研, 1984)

<『奥の細道』冒頭>

月日は百代の過客にして、行きかふ年も又旅人也。舟の上に生涯を浮べ、馬の口とらえて老
をむかふるものは、日々旅にして旅を栖とす。古人も多く旅に死せるあり。予もいづれの年よ
りか、片雲の風にさそはれて、漂泊のおもひやまず、海浜にさすらへ、去年の秋江上の破屋に
蜘の古巣を払ひて、やや年も暮、春立霞の空に、白川の関こえむと、そぞろがみの物につきて

こころをくるはせ、道祖神のまねきにあひて、取るもの手につかず。もも引の破をつづり、笠の緒付かへて、三里に灸すゆるより、松島の月先心にかかりて、住る方は人に譲りて、杉風が別墅に移るに、

　　草の戸も住替る代ぞ雛の家

　　表八句を庵の柱に懸置。

　　새해 아침에 상서로운 학의 발걸음이구나 (기카쿠, 『조쿠미나시구리』)

　　日の春をさすがに鶴の歩み哉 (其角, 『続虚栗』)

<하이카이 이론서, 핫토리 도호 『산조시』 후에키류코>

하이카이는 노래이다. 노래는 천지가 개벽한 때부터 시작되었다. (중략) 와카에서 렌가가 발생하고 다시 하이카이가 생겼다. 렌가는 시라카와(1072~1086) 법황(1086~1129) 시대에 그 이름이 만들어졌다. (중략) 스승의 하이카이에는 만대불역과 일시변화라는 이념이 있다. 이 두 가지 이념의 근본은 한 가지이다. 이 한 가지라는 것은 풍아의 진실이다. 불역이라는 것을 모르면 진정으로 스승의 하이카이를 이해한 것이 아니다. 불역이라는 것은 새롭다든지 오래되었다든지 혹은 변화나 유행과 관계없이 풍아의 진실에 입각한 형태를 말하는 것이다.

대대의 가인들을 보면 그 때에 따라 가풍의 변화가 있다. 또 그러한 신고에 관계없이 지금 사람이 보는 것과 옛날 사람이 본 것은 서로 조금도 다르지 않고 정취 있는 노래가 많다. 이들 노래는 불변이라고 생각하는 것이 좋다.

<服部土芳『三冊子』不易流行>

俳諧は歌なり。歌は天地開闢の時よりあり。 (中略) 和歌に連歌あり、俳諧あり。連歌は白河の法皇の御代に連歌の名あり。 (中略) 師の風雅に、万代不易あり。一時の変化あり。この二つの究まり、その本一つなり。その一つといふは風雅の誠なり。不易を知らざれば、実に知れるにあらず。不易といふは、新古によらず。変化流行にもかかはらず、誠によく立ちたる姿たり。

代々の歌人の歌を見るに、代々その変化あり。また、新古にもわたらず、今見る所昔見しに変はらず、あはれなる歌多し。これまづ不易と心得べし。

(4) 덴메이 시대의 하이카이

덴메이天明(1781~89) 시대의 하이단俳壇은 대중화하고 비속화가 진행된 하이카이의 예술성을 회복시키자는 중흥운동이 일어났다. 그 중심에 있었던 사람은 교토의 요사 부손与謝蕪村(1716~83)과 단 다이기炭太祇(1709~71), 에도의 오시마 료타大島蓼太(1718~87) 등이었다. 특히 부손은 오사카에서 태어나 에도로 가서 하이카이와 그림을 배웠다. 부손은 하이카이를 색채감을 느낄 수 있는 회화적 수법과 날카로운 언어감각으로 읊었고, 바쇼로의 회귀를 외치면서 낭만적인 미의식을 추구했다. 부손의 구집으로는 『부손 구집蕪村句集』, 『부손 7부집蕪村七部集』 등이 있고, 특히 『슌푸바테이노쿄쿠春風馬堤曲』는 서정미 넘치는 자유시로 하기와라 사쿠타로萩原朔太郎 등의 근대 시인들에게 높이 평가되고 있다. 한편 오와리尾張의 요코이 야유橫井也有(1702~83)는 하이분슈俳文集 『우즈라고로모鶉衣』(1787)를 편찬했다.

유채꽃이여 달은 동쪽에서 해는 서쪽으로 (부손, 『부손 구집』)

菜の花や月は東に日は西に (蕪村, 『蕪村句集』)

기다리는 사람 발 소리 멀어지는 낙엽이로다 (부손, 『부손 구집』)

待人の足音遠き落葉哉 (蕪村, 『蕪村句集』)

물가에 선 백로의 정강이로 저녁바람이 (부손, 『부손 구집』)

夕風や水青鷺の脛をうつ (蕪村, 『蕪村句集』)

도바도노로 대여섯 필의 말이 태풍의 질주 (부손, 『부손 구집』)

鳥羽殿へ五六騎急ぐ野分哉 (蕪村, 『蕪村句集』)

낙엽이 지고 멀리서 들려오는 절구질 소리 (부손, 『부손 유고』)

落葉して遠く成りけり臼の音 (蕪村, 『蕪村遺稿』)

(5) 근세 말의 하이카이

18세기 말 덴메이 시대의 하이카이 중흥 이후, 하이카이는 널리 서민들에게 보급되었다. 그러나 내용면에서는 새로운 것이 없는 진부하고 저속한 소위 쓰키나미초月並調가 심화되어 문학성은 점차 떨어지게 되었다. 이러한 분위기 속에서 시나노信濃(지금의 나가노長野 현)의 농가에서 태어난 고바야시 잇사小林一茶(1763~1827)는 특이한 존재였다. 그는 3살 때 어머니가 돌아가시고 가정적으로 불행한 일생을 보냈지만, 그의 하이카이는 뛰어난 개성과 반골정신으로 속어와 방언을 사용한 서민적인 생활감정을 적나라하게 읊은 구가 많다. 그는 구집 『잇사홋구슈一茶発句集』, 구문집句文集으로 『오라가하루おらが春』(1852) 등에서 솔직한 생활감정이 넘치는 구를 읊었다. 근세 말 천편일률적인 하이카이가 전국적으로 더욱 양산되자, 근대의 마사오카 시키正岡子規(1867

~1902)는 1830년대 이후의 하이카이는 모두 비속하고 진부하여 보고 있을 수가 없다고 통열하게 비판했다.

▌요사 부손(『日本古典文学全集』42, 小学館, 1973)

▌고바야시 잇사(『日本古典文学全集』42, 小学館, 1973)

마른 개구리 지지마라 잇사가 여기에 있어 (잇사, 『칠번 일기』)

瘦蛙まけるな一茶是に有 (一茶, 『七番日記』)

설날 기쁨도 적당히 해야지 나의 봄이여 (잇사, 『오라가하루』)

目出度さもちう位也おらが春 (一茶, 『おらが春』)

이것이 글쎄 마지막 거처인가 눈이 오 척 (잇사, 『칠번 일기』)

是がまあつひの栖か雪五尺 (一茶, 『七番日記』)

이봐 잡지마 파리가 손을 부비고 발을 부비네 (잇사, 『팔번 일기』)

やれ打つな蝿が手を摺り足をする (一茶, 八番日記)

4) 센류와 교카

(1) 센류

근세의 서민들은 본격적인 하이카이나 와카의 형식을 빌려 내용적으로 기지와 해학을 담은 센류와 교카를 읊었다. 특히 하이카이가 널리 보급되면서 잡다한 형식의 유희화한 잣파이雜俳가 크게 유행했다. 잣파이 중에서 가장 인기 있는 것이 마에쿠즈케前句付였는데, 센류川柳는 이 마에쿠즈케의 쓰케쿠付句(5.7.5)가 독립된 것이다. 예를 들면 7.7의 '목을 베고도 싶고 베지 않고도 싶다(斬りたくもあり斬りたくもなし)'에 붙인 5.7.5의 구 '도둑놈을 잡아서 보니 내 아들이야(盗人を捕へて見れば わが子なり)'라고 하는 쓰케쿠가 센류가 된 것이다.

센류의 어원은 18세기 중반 가라이 센류柄井川柳(1718~90) 등이 쓰케쿠를 모아 『하이후야나기 다루誹風柳多留』(1765)라는 책으로 편찬했는데, 이후 이 편자의 이름을 따서 센류라 하게 되었다. 센류는 하이카이와 같이 계절을 나타내는 기고季語나 조사나 조동사 등의 기레지切れ字도 필요 없다. 오로지 풍자와 웃음, 미묘한 세태와 인정을 능숙하게 지적하는 '우가치うがち'를 생명으로 했기 때문에 에도江戸 서민들의 사랑을 받았다.

<센류, 『하이후야나기다루』>

벼락이 친다고 하며 겨우 배두렁이 채우네
かみなりを真似て腹かけやっとさせ

조금씩 점점 딸과 함께 자라는 오동나무여
だんだんと娘と共に育つ桐

관리 아이는 쥐엄쥐엄 쥐엄질 잘도 익히네
役人の子はにぎにぎをよく覚え

선생님에게 물어 보았더니 뭐 그런 거야
先生へいかがととへばそんなもの

애도하면서 좋은 것을 고르는 유품 나누기
なきなきもよい方をとるかたみわけ

(2) 교카

교카狂歌는 에도 시대의 중기에 와카의 음수율로 일상의 잡다한 일을 소재로 해학과 풍자를 읊은 단가이다. 『만요슈』의 기쇼카戯笑歌, 『고킨슈』 권19의 하이카이카俳諧歌의 계통을 잇고 있지만 독립된 장르로서 유행하는 것은 근세에 들어서이다. 지역에 따라 데이몬 하이카이와 함께 발전한 가미가타 교카와 근세 후기의 에도 교카가 있다.

가미가타 교카는 세이하쿠도 고후生白堂行風(미상)가 『고킨이쿄쿠슈古今夷曲集』(1666)를 출판한 이후 발전하기 시작한다. 나니와부리浪花ぶり를 제창한 오사카의 과자 가게 다이야鯛屋 나가타 데이류永田貞柳(1654~1734)의 등장으로 전성기를 맞이한다. 나가타 데이류의 문하에는 제자가 3000명이 넘었다고 하고 전문 교카시狂歌師가 나타날 정도로 유행한다. 그러나 가미가타 교카는 결국 와카의 패러디에 지나지 않아 한계가 있었다.

에도 교카는 근세 후기에 에도를 중심으로, 가라고로모 깃슈唐衣橘州(1743~1802)와 요모노 아카라四方赤良(蜀山人, 1749~1823), 아케라 간코朱楽菅江(1740~1800) 등이 기지를 발휘한 세련된 작품을 남겼다. 아카라 등이 편찬한 『만자이교카슈万載狂歌集』(1783)는 이 시대를 대표하는 교카집이다. 이후 아카라의 문하생 야도야노 메시모리宿屋飯盛(1753~1830)등이 활약했지만 참신한 교카는 나타나지 않았다.

<교카>

현세의 삶은 임시 거처이지만 살기 힘들고 꿈같은 세상이지만 잠들기도 힘들어 (나가타 데이류)

世の中はかりの世なれどかりにくし夢の世なれどさうもねられず (永田貞柳)

반찬도 없는 밥상에 정취가 있다. 도요새 굽는 가지 가을의 저녁 무렵 (가라고로모 깃슈)

菜もなき膳にあはれはしられけり鴫焼く茄子の秋の夕暮れ　(唐衣橘洲)
引用：心なき身にもあはれは知られけり鴫立つ沢の秋の夕ぐれ　(西行法師,『新古今集』362)

황매화 색 지갑에 휴지만 들어있고 금화 한 잎 없는 것이 서글프구나 (요모노 아카라)

山吹のはな紙ばかり紙入にみの一つだになきぞかなしき　(四方赤良)
引用：七重八重花はさけども山吹のみの一つだになきぞかなしき　(中務卿兼明親王,『後拾遺集』1154)

넓은 하늘에 떠있는 밝은 달 하늘을 둘로 나누어보니 이름 그대로 나카마로 (아케라 간코)

天の原月すむ空をまふたつにふりわけみればちやうど仲麿　(朱楽菅江)
引用：天の原ふりさけ見れば春日なる三笠の山に出でし月かも　(安倍仲麿,『古今集』406)

와카의 가인은 서툴수록 좋도다. 하늘과 땅이 진동해 움직이면 견딜 수 있겠는가 (야도야노 메시모리)

歌よみは下手こそよけれ天地の動き出だしてたまるものかは (宿屋飯盛), (『古今集』仮名序)

5) 가요와 만담

근세 초기에는 퉁소의 반주로 부르는 류타쓰고우타隆達小歌가 유행하지만, 이후의 가요는 샤미센三味線의 반주로 조루리와 가부키와 함께 발전한다. 초기의 가요집 『마쓰노하松の葉』(1703)는 가미가타 유곽의 유행가를 편찬한 것이다. 중기에는 조루리와 가부키를 기반으로 분고부시豊後節와 도키와즈부시常磐津節, 기요모토부시清元節 등이 차례로 유행한다. 그리고 후기에는 유곽 가요와 극장 가요가 교류하고, 또 지방의 가요가 도시에 알려져 전국적인 유행가가 되기도 했다.

만담은 재미있는 말로 세태와 인정을 풍자하는 이야기이다. 이는 크게 두 가지로 나눌 수 있는데, 하나는 현재의 라쿠고落語에 해당하는 소화笑話이고, 또 한 가지는 지금의 강담講談으로 이어지는 고샤쿠講釈이다. 근세 초기에는 귀족들의 무료함을 달래는 소화가 많이 만들어졌는데, 대표적 소화집으로 『세이스이쇼醒睡笑』(1623)가 있다. 중기 이후에는 민중을 대상으로 하는 직업적인 전문 이야기꾼落語家들이 나타나 요세寄席라고 하는 극장에서 공연하게 된다.

한편 고샤쿠는 중세부터 다이헤이키요미太平記読み와 같은 군담의 강독이다. 근세에는 가두에서 실록체의 복수담이나 집안 소동 등을 강석하는 경우가 많았다. 특히 근세 말에는 다키자와 바킨이나 류테이 다네히코 등의 요미혼이 요세에서 공연되었다.

4. 극문학

1) 조루리

조루리浄瑠璃의 기원은 무로마치 시대 말기의 우시와카마루牛若丸와 조루리히메浄瑠璃姫와의 연애담 『조루리 모노가타리浄瑠璃物語』(성립년 미상)에서 비롯된다. 처음에는 이야기를 쥘부채나 비파의 반주로 읊었으나 나중에 류큐에서 전래한 샤미센三味線과 인형극을 만나 닌교조루리人形浄瑠璃가 탄생한다. 에도에서는 이즈미 다유和泉太夫의 용감한 긴피라부시金平節, 교토에서는 우지카가노조宇治加賀掾의 우아한 기다유부시嘉太夫節가 유행했다.

가가노조加賀掾의 문하였던 다케모토 기다유竹本義太夫(1651~1713)는 오사카에서 다케모토자竹本座를 설립하고 지카마쓰 몬자에몬近松門左衛門(1653~1714)에게 각본을 의뢰했다. 1686년에 공연한 지카마쓰의 역사극 『슛세카게키요出世景清』는 사실성으로 호평을 받았고, 이 이후를 신조루리라고 부르게 되었다. 그리고 지카마쓰가 의리와 인정의 갈등을 그린 각본 『소네자키신주曾根崎

■ 지카마쓰 몬자에몬 (『日本古典文学全集』 43, 小学館, 1973)

心中』(1703)가 공전의 히트를 하면서 조루리는 가부키를 능가하는 인기를 누리게 된다. 그의 미치유키분道行文은 운율과 표현에 있어 타의 추종을 불허할 정도로 명문이라고 한다. 이이외에도 지카마쓰는 『메이도노히캬쿠冥途の飛脚』(1711), 『고쿠센야갓센国性爺合戦』(1715), 『헤이케뇨고노시마平家女護島』(1719), 『신주텐노아미지마心中天網島』(1720), 『온나고로시아부라지고쿠女殺油地獄』(1721) 등 많은 걸작을 남겼다. 호즈미 이칸穂積以貫(1692~1769)은 『나니와미야게難波土産』(1738)에서 지카마쓰의 연극론을 '교지쓰히마쿠론虚実皮膜論'[34]으로 설명했다.

한편 기다유의 문하였던 도요타케 와카다유豊竹若太夫는 도요타케좌豊竹座를 창설하고 기노 가이온紀海音(1663~1742)을 작자로 영입했다. 이로서 조루리는 두 개의 좌가 경쟁하면서 전성기를 누리게 된다. 다케모토자의 다케다 이즈모竹田出雲(1691~1756)와 도요타케자의 나미키 소스케並木宗輔(1695~1791)는 합작으로 만든 조루리 3대 명작 『스가와라덴주데나라이카가미菅原伝授手習鑑』(1746), 『요시쓰네센본자쿠라義経千本桜』(1747), 『가나데혼추신구라仮名手本忠臣蔵』(1748)을 공연한다. 18세기 중반 이후 조루리는 가부키에 압도되어 점차 쇠퇴하지만, 20세기 초 오사카의 분라쿠자文楽座에서 공연하면서 분라쿠로도 불리게 되었다.

< 『소네자키신주』 '관음 순례', '동반자살' >

노래: 정말 극락세계로부터 지금 이 현세에 나타나 우리들에게 자비를 베풀어주시는 관세음보살의 덕은 높기만 하도다. 높은 집에 올라가 백성들의 평안을 약속하셨던 (닌토쿠 천황의 고사) 나니와쓰(오사카)의 33군데 관음의 성지를 순례하면 죄도 가벼워진다고 한다. 때마침 여름이라 무더워 빨리 가마에서 내리려고 하는 여자가 있다. 눈가에 사랑을 품은 18, 9살 정도의 제비붓꽃같은 여인이다. (중략)

오하쓰 "언제까지 말해도 소용이 없어. 빨리 빨리 죽여요 죽여."라고 하며 마지막을 재촉하자, 도구베 "알았어."라고 하며, 작은 칼을 슥 뽑아, "자 바로 지금이야. 나무아미타불, 나무아미타불."이라고 했지만, 정말 이 몇 년 동안 사랑스럽다, 귀엽다고 껴안고 잔 살에, 칼날을 댈 수 있을까 하고 생각하니, 눈도 캄캄하고, 손도 떨리고, 약해지는 마음을 고쳐먹고 칼을 고쳐 쥐어도, 손이 떨려 찌르려고 하지만 칼끝이 이쪽저쪽으로 빗나가기만 했다. 2, 3번 번쩍하는 칼날에 "앗"하는 소리와 함께 숨통에 푹 들어가자마자. "나무아미타불, 나무아미타불, 나무아미타불"이라고 외쳤다.

---

34) 예술의 본질은 사실과 허구의 중간에 있다고 하는 지카마쓰의 이론.(『難波土産』에 기술)

<『曾根崎心中』「観音廻り」、「心中」>

げにや安楽世界より、今この娑婆に示現して、我等がたまの観世音、仰ぐも高し。高き屋に、上りて民の賑ひを、契りおきてし難波津や、みつづゝ十とみつの里。札所々々の霊地霊仏。めぐれば、罪もなつの雲、あつくろしとて、駕籠をはや、おりはのこひ目、三六の、十八、九なるかほよ花。(中略)

いつまで言うて詮もなし。はやはや、殺して殺してと、最期を急げば、心得たりと、脇差するりと抜放し、サアただ

今ぞ。南無阿弥陀、南無阿弥陀と、言へども、さすがこの年月、いとし、かはいと締めて寝し、肌に刃が当てられうかと、眼もくらみ、手も震ひ、弱る心を引き直し、取り直してもなほ震ひ、突くとはすれど、切先は、あなたへはづれ、こなたへそれ、二、三度ひらめく剣の刃、あつとばかりに喉笛に、ぐつと通るが、南無阿弥陀、南無阿弥陀、南無阿弥陀と。

2) 가부키

가부키歌舞伎란 원래 동사 '가부쿠かぶく'가 명사화된 말로, 이상한 몸짓이나 행동으로 가부키를 한다는 뜻이다. 근세 초 이즈모出雲의 무녀 오쿠니阿国가 교토에서 가슴에 십자가를 걸고 허리에는 조롱박을 달고 가부키 춤을 춘 것이 시초라고 한다. 이것이 온나 가부키女歌舞妓인데 각지에서 유행하지만, 풍속을 문란하게 한다는 이유로

▐ 도쿄 긴자 가부키자

금지되고, 대신에 소년이 연기를 하는 와카슈 가부키若衆歌舞妓가 시작되지만 이 또한 같은 이유로 금지된다. 이후 성인 남자 배우가 연기 중심으로 공연하는 야로 가부키野郎歌舞伎가 되면서 본격적인 발전을 하게 된다. 그래서 가부키에서는 지금도 남자 배우가 온나가타女形라고 하는 여자의 연기도 하게 되어 독특한 미적 세계를 형성하고 있다.

18세기 이후 가미가타의 가부키는 와고토和事[35]의 배우로 사카타 도주로坂田藤十郎(1645~1709)와 온나가타의 요시자와 아야메芳沢あやめ가 있었다. 한편 에도의 가부키는 아라고토荒事[36]

---

35) 가부키에서 남녀의 사랑을 연기하거나 연출함.
36) 무사나 귀신 등의 호탕한 장면을 연기하거나 연출함.

의 이치카와 단주로市川団十郎(1660~1704)와 와고토의 나카무라 시치사부로中村七三朗가 인기를 끌었다. 가부키는 18세기 후반 조루리가 쇠퇴하면서 조루리와 각본을 교류하고, 무대의 회전 장치 등을 개선하면서 차츰 관객이 모이기 시작했다.

대표적인 작가와 각본으로는 나미키 쇼조並木正三(1730~73)의 『산짓코쿠요후네노하지마리三十石艫始』, 사쿠라다 지스케桜田治助(1734~1806)의 『고히이키간진초御摂勧進帳』(1773), 쓰루야 난보쿠鶴屋南北(1755~1829)의 『도카이도요쓰야가이단東海道四谷怪談』(1825), 가와타케 모쿠아미河竹黙阿弥(1816~93)의 『산닌키치사쿠루와노하쓰가이三人吉三郭初買』(1860) 등이 있다. 다음은 오조키치사お嬢吉三가 도세トセ의 돈 100량과 타로太郎의 칼 고신마루庚申丸를 빼앗은 다음, 혼자 읊는 유명한 7·5조의 독백이다.

<『산닌키치사쿠루와노하쓰가이』 2막>

오조 : "그런데 겁쟁이 녀석들이구나. (라고 하며 가마의 등불로 칼을 보며) 음, 길조심, 마침 운이 좋았어. (라고 하며, 고신마루 검을 허리에 차고, 생각에 잠겨 하늘의 으스름달을 보며)

달빛도 뱅어처럼 흐릿하고, 화톳불도 희미한 봄날의 하늘. 싸늘한 바람에도 얼큰한 기분, 기분도 좋아지고 마음이 들떠, 물위에 떠다니는 물새 한 마리, 둥지에 돌아가는 냇가에서, 삿대의 물방울인가 젖은 손의 거품(좁쌀). 생각지도 않게 손에 들어온 백량."

(라고 하며, 품안의 지갑을 꺼내, 빙긋이 웃으며 생각에 잠긴다. 이 때 무대의 왼쪽에서) 액막이 "액막이를 합시다, 액때움을 합시다."

오조 : "정말 오늘밤은 입춘 전날인가. 서쪽 바다에서 강물 속으로, 떨어진 매춘부는 액막이인가. 수많은 콩알을 엽전 한 잎에, 엽전과는 다른 금화 포장. 이거야 봄부터 재수가 좋구나." (라고 생각에 잠긴다.)

<『三人吉三郭初買』二幕目>

お嬢 : 「ハテ、臆病な奴等だな、 （ト、駕の提灯で白刃を見て） ムム、道の用心、ちょうど幸ひ。 （ト、庚申丸を差し、思ひ入れあって、空の朧月を見て）

月も朧に白魚の、篝もかすむ春の空。冷たい風もほろ酔ひに、心持ちよくうかうかと、浮かれ鳥のただ一羽、塒へ帰える川端で、棹の滴か濡れ手で泡。思いがけなく手に入る百両。」

（ト、懐の財布を出し、にっこり思入れ。この時、上手にて） 厄払ひ「御厄払ひませう、厄落とし厄落とし。」

お嬢 : 「ほんに今宵は節分か、西の海より川の中、落ちた夜鷹は厄落とし、豆沢山に一文の、銭と違った金包み、こいつァ春から縁起がいいわへ。」 （ト、思ひ入れ）

5. 요약

近世文学 (江戸時代, 町人文学, 上方에서 江戸까지, 1603~1868)

1. 小説
- 仮名草子 : 御伽草子에서 啓蒙的인 小説로『可笑記』,『伊曾保物語』,『醒睡笑』
- 浮世草子 : 庶民에 의한 庶民을 소재로 한 小説. 井原西鶴(1642~93) :『好色一代男』,
  『好色一代女』,『好色五人女』,『武道伝来記』,『日本永代蔵』,『世間胸算用』
- 読本 : 中国白話小説의 影響을 받은 伝奇小説. 上田秋成(1734~1809) :『雨月物語』
  滝沢馬琴(1767~1848) :『椿説弓張月』,『南総里見八犬伝』
- 洒落本 : 遊里를 舞台. 通. 山東京伝(1761~1816) :『傾城買四十八手』
- 滑稽本 : 十返舎一九(1765~1831) :『東海道中膝栗毛』.
  式亭三馬(1776~1822) :『浮世風呂』,『浮世床』
- 人情本 : 写実的인 恋愛小説. いき. 明治 이후의 소설에 영향.
  為永春水(1789~1843) :『春色梅児誉美』
- 草双子 : 婦人이나 유아용 絵本. 昔話や伝説. 赤本・黒本・青本・黄表紙・合巻.
  ◎ 黄表紙 : 風刺性. 恋川春町(1744~89) :『金々先生栄花夢』
  ◎ 合巻 : 長編小説. 柳亭種彦(1783~1842) :『偐紫田舎源氏』

2. 詩歌
- 国学 : 契沖(『万葉代匠記』) ⇒ 花田春満 ⇒ 賀茂真淵(『万葉考』) ⇒ 本居宣長(『古事記伝』,
  『源氏物語玉の小櫛』)
- 和歌 : 細川幽斎(1534~1610) ⇒ 戸田茂睡(1629~1706) ⇒ 香川景樹(1768~1842)
- 漢学 : 藤原惺窩(1561~1619) ⇒ 林羅山 ⇒ 新井白石(1657~1725) ⇒ 貝原益軒 ⇒ 伊藤仁斎
  ⇒ 荻生徂徠(1666~1728)
- 俳諧
  ◎ 貞門의 俳諧 : 近世初期의 松永貞徳(1571~1653) ⇒ 古典에 의한 縁語나 掛詞를 중시.
  ◎ 談林의 俳諧 : 連歌師의 西山宗因(1605~82) ⇒ 井原西鶴(1642~93)의 矢数俳諧, 自
    由, 奇抜한 速吟. 大矢数俳諧 : 一昼夜에 23,500首를 읊음.
  ◎ 蕉風의 俳諧 : 松尾芭蕉(1644~94) ⇒「さび, しほり, 細み, 軽み」의 句境을 追求.

『野ざらし紀行』, 『笈の小文』, 『奥の細道』, 『猿蓑』

◎ 俳論：『去来抄』(向井去来), 『三冊子』(服部土芳)

◎ 与謝蕪村(1716~83)：画論에서 얻은 離俗의 態度. 『春風馬堤曲』

◎ 小林一茶(1763~1827)：적나라한 人間性을 露出. 『おらが春』

● 狂歌・川柳・歌謡

◎ 狂歌：狂体의 和歌. 俗語를 사용하여 기지나 滑稽를 읊은 노래. 鯛屋貞柳(1654~
1734), 四方赤良(1749~1823)

◎ 川柳：17音, 俳諧의 付合練習에서 발생. 柄井川柳(1718~1790)：『誹風柳多留』

◎ 歌謡：隆達小歌 ⇒ 三味線을 伴奏楽器로 遊里나 浄瑠璃, 歌舞伎와 연계.

3. 劇文学

● 浄瑠璃：三味線과 操り人形. 浄瑠璃節의 大成者：竹本義太夫.
近松門左衛門(1653~1724)：『曾根崎心中』, 『難波土産』：虚実皮膜論

● 歌舞伎：舞踊에서 演劇. お国. 女歌舞伎 ⇒ 若衆歌舞伎 ⇒ 野郎歌舞伎. 荒事と和事.
市川団十郎(荒事, 1660~1704), 坂田藤十郎(和事, 1645~1709).
鶴屋南北(1755~1829), 河竹黙阿弥(1816~93)

【일본고지도·국명】

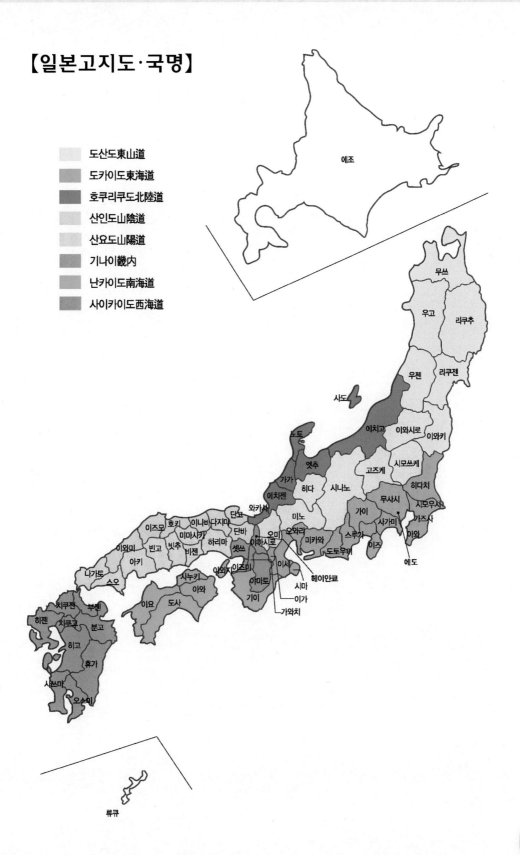

【일본고전문학 연표】

(* 는 불확실한 연도)

연도	주요 작품	역사적 사건
기원전		조몬繩文, 야요이弥生 시대
239	신화·전설·설화, 상대가요의 시대	야마타이국邪馬台国 히미코卑弥呼, 魏나라에 조공
400 *		백제의 오경박사 문자와 서적 전수
421		왜왕찬倭王讃 송나라에 조공
538 *		불교의 전래
593		쇼토쿠聖徳 태자의 섭정
603		관위 12계 제정
604		17조 헌법제정
607		견수사遣隋使 파견, 호류지法隆寺
630		당나라 건국(618), 견당사遣唐使 파견
645		다이카大化 개신
672		임신壬申 난, 아스카쿄飛鳥京 천도
676		통일신라統一新羅
694 *	노리토(祝詞), 센묘(宣命)	후지와라쿄藤原京 천도
700 *		가키노모토 히토마로柿本人麻呂
701		다이호大宝 율령
710		헤이조쿄平城京 천도
712	고지키古事記	
715	하리마 후도키播磨風土記	
718	히다치 후도키常陸風土記	
720	니혼쇼키日本書紀	
721	루이주카린類聚歌林	오쿠라, 다비토, 아카히토 활약
733	이즈모 후도키出雲風土記	
751	가이후소懐風藻	
752	붓소쿠세키카仏足石歌	도다이지東大寺 대불大仏 완성
759 *	만요슈万葉集	
772	가쿄효시키歌経標式	도쇼다이지唐招提寺 창건

연도	주요 작품	역사적 사건
784		나가오카쿄長岡京 천도
789	다카하시우지부미高橋氏文	엔랴쿠지延暦寺 창건
794		헤이안쿄平安京 천도
797	쇼쿠니혼기続日本紀	
805		사이초最澄 천태종을 전함
806		구카이空海 진언종을 전함
807	고고슈이古語拾遺	
814 *	료운슈凌雲集	
818	분카슈레이슈文華秀麗集	
*	니혼료이키日本霊異記	
827	게이코쿠슈経国集	
835	쇼료슈性霊集	
840	니혼코키日本後紀	백거이『白氏文集』(845)
858		후지와라노 요시후사藤原良房 섭정
869	쇼쿠니혼코키続日本後紀	
879	몬토쿠실록文徳実録	
885	자이민부쿄케 우타아와세在民部卿家歌合	
887		후지와라노 모토쓰네藤原基経 최초의 관백関白
894		견당사遣唐使 폐지, 국풍문화
900 *	간케분소菅家文草	이 무렵 가나仮名문자 발명
*	다케토리 모노가타리竹取物語	
*	이세 모노가타리伊勢物語	
901	니혼산다이지쓰로쿠日本三代実録	스가와라노 미치자네菅原道真 다자이후大宰府로 좌천
905	고킨 와카슈古今和歌集	907년 당나라 멸망
918		고려高麗의 건국
935	도사 일기土佐日記	
939		다이라노 마사카도平将門의 난
*		후지와라노 스미토모藤原純友의 난
940 *	쇼몬키将門記	
951	고센 와카슈後撰和歌集	
*	야마토 모노가타리大和物語	
*	헤이주 모노가타리平中物語	송나라 건국(960)
974	가게로 일기蜻蛉日記	
*	우쓰호 모노가타리うつほ物語	
984	산보에三宝絵	
985	오조요슈往生要集	
*	오치쿠보 모노가타리落窪物語	

연도	주요 작품	역사적 사건
990		미치타카의 딸 데이시定子 입궁
999		미치나가의 딸 쇼시彰子 입궁
1001 *	마쿠라노소시枕草子	
1007 *	이즈미시키부 일기和泉式部日記	
1008 *	겐지 모노가타리源氏物語	
*	슈이 와카슈拾遺和歌集	
1010 *	무라사키시키부 일기紫式部日記	
1013 *	와칸로에이슈和漢朗詠集	
1016 *	미도칸파쿠키御堂關白記	후지와라노 미치나가藤原道長 섭정
1030 *	에이가 모노가타리栄花物語	
1050 *	요루노네자메夜の寝覚	
1053		보도인平等院 봉황당 건립
1055 *	쓰쓰미추나곤 모노가타리堤中納言物語	
*	하마마쓰추나곤 모노가타리浜松中納言物語	
1058 *	혼초몬즈이本朝文粹	
1060	사라시나 일기更級日記	
*	사고로모 모노가타리狭衣物語	
1073	조진아쟈리노하하노슈成尋阿闍梨母集	
1086	고슈이 와카슈後拾遺和歌集	원정院政의 시작
*	도리카에바야 모노가타리とりかへばや物語	
1104	고단쇼江談抄	
1108	사누키나이시노스케 일기讃岐典侍日記	추손지中尊寺 건립(1105)
*	오카가미人鏡	
1120 *	곤자쿠 모노가타리슈今昔物語集	
1127	긴요 와카슈金葉和歌集	
1130	고혼세쓰와슈古本説話集	
1134 *	우치기키슈打聞集	
1154	시카 와카슈詞花和歌集	
1156		호겐保元의 난
1159 *	후쿠로조시袋草子	헤이지平治의 난
1167		다이라노 기요모리平清盛 태정대신
1174	이마카가미今鏡	
1179	료진히쇼梁塵秘抄	미나모토씨 거병(1180)
1185		다이라씨 단노우라壇の浦에서 멸망
1188	센자이 와카슈千載和歌集	
1190	산카슈山家集	
*	미즈카가미水鏡	

연도	주요 작품	역사적 사건
1192		가마쿠라鎌倉 막부 성립, 미나모토노 요리토모源賴朝, 정이대장군征夷大将軍
1193	롯퍄쿠반 우타아와세六百番歌合	
1197	고라이후테이쇼古来風体抄	
1201	무묘조시無明草子	
1203	센고햐쿠반 우타아와세千五百番歌合	
1205	신코킨 와카슈新古今和歌集	징기스칸 몽고 통일(1206)
1209	긴다이슈카近代秀歌	
1212	호조키方丈記	
1213 *	긴카이 와카슈金塊和歌集	
1215 *	홋신슈発心集	
1219	마이게쓰쇼毎月抄	미나모토 사네토모源実朝 암살(1219)
1220 *	구칸쇼愚管抄	
1221	우지슈이 모노가타리宇治拾遺物語	조큐의 난承久の乱
1223	가이도키海道記	신란親鸞 정토진종 창시(1224)
1227		도겐道元 조동종 전파(1227)
1233	겐레이몬인우쿄다이후슈建礼門院右京大夫集	
1235 *	오구라 햐쿠닌잇슈小倉百人一首	
*	신초쿠센슈新勅撰和歌集	
1240 *	스미요시 모노가타리住吉物語	
1250 *	호겐 모노가타리保元物語	
*	헤이지 모노가타리平治物語	
*	헤이케 모노가타리平家物語	
1252	짓킨쇼十訓抄	
1253 *	쇼보겐조즈이몬키正法眼蔵随聞記	니치렌日蓮 일련종 창시
1254	고콘초몬주古今著聞集	
1265	쇼쿠코킨 와카슈続古今和歌集	
1274		분에이文永의 전란(몽고 1차 침입)
1276		잇펜一辺 시종時宗을 개종
1280 *	이자요이 일기十六夜日記	
1281 *	겐페이조스이키源平盛衰記	고안弘安의 전란(몽고 2차 침입)
1283	샤세키슈沙石集	
1288 *	단니쇼歎異抄	동방견문록(1299)
1312	교쿠요 와카슈玉葉和歌集	단테『신곡』(1307)
1313	도하즈가타리とはずがたり	
1331 *	쓰레즈레구사徒然草	
1333		가마쿠라 막부 멸망

연도	주요 작품	역사적 사건
1334		겐무建武 신정新政
1336		남북조 시대 시작
1338		무로마치室町 막부 성립, 아시카가 다카우지足利尊氏 정이대장군征夷大将軍
1339	진노쇼토키神皇正統記	
1349	후가 와카슈風雅和歌集	
1357	쓰쿠바슈菟玖波集	
*	쓰쿠바몬도筑波問答	명나라 건국(1368)
1373 *	다이헤이키太平記	
1376	마스카가미增鏡	
1384 *	소가 모노가타리曾我物語, 기케이키義経記	
1392		남북조 통일, 朝鮮의 건국
1397		금각사金閣寺 건립
1408	후시카덴風姿花伝	
1430	사루가쿠단기申楽談儀	
1463	사자메고토さざめごと	
1467		오닌의 난応仁の乱
1476	치쿠린쇼竹林抄	
1488	미나세산긴햐쿠인水無瀬三吟百韻	
1489		은각사銀閣寺 건립
1495	신센쓰쿠바슈新撰菟玖波集	
1518	간긴슈閑吟集	
1532 *	신센 이누쓰쿠바슈新撰犬筑波集	
1540	모리타케센쿠守武千句	
1549		기독교 전래
1573		무로마치 막부 멸망
1585		도요토미 히데요시豊臣秀吉 관백関白
1592		임진왜란(文禄の役)
1593	이솝 이야기伊曾保物語(天草版)	
1600		세키가하라関が原 전투
		셱스피어『햄릿』
1603		에도江戸 막부 성립
		도쿠가와 이에야스德川家康 정이대장군征夷大将軍
*	오쿠니阿国의 가부키歌舞伎	무가제법도武家諸法度
1615		청나라 건국(1616)
1623	세이스이쇼醒睡笑	
*	가나소시仮名草子	쇄국령(1639)

연도	주요 작품	역사적 사건
1642	가쇼키可笑記	
1651	고산御傘	
1673 *	구사조시草双紙	
1675	단린돗퍄쿠인談林十百韻	
1682	고쇼쿠이치다이오토코好色一代男	
1684	후유노히冬の日	
1685	사이카쿠쇼코쿠바나시西鶴諸国ばなし	
1686	슛세카게키요出世景清	
*	고쇼쿠이치다이온나好色一代女	
1688	니혼에이다이구라日本永代蔵	
	오이노고부미笈の小文	
1688	사라시노기코史級紀行	
1690 *	만요다이쇼키万葉代匠記	
1691	사루미노猿蓑	
1692	세켄무네잔요世間胸算用	
1693	사이카쿠오키미야게西鶴置土産	
1702	오쿠노호소미치奧の細道	아코기시赤穂義士 습격
1703	소네자키신주曾根崎心中	
1711	메이도노히캬쿠冥途の飛脚	
1715	고쿠센야갓센国性爺合戦	
*	하치몬지야본八文字屋本	
1716	오리타쿠시바노키折たく柴の記	교호享保의 개혁
1720	신주텐노아미지마心中天網島	
1721	온나고로시아부라지고쿠女殺油地獄	
1738	나니와미야게難波土産	
1746	스가와라노덴주데나라이카가미菅原伝授手習鑑	
1748	가나데혼추신구라仮名手本忠臣蔵	
1760	만요코万葉考	
1765	하이카이야나기다루俳諧柳多留	조설근『紅樓夢』(1763)
1768	우게쓰 모노가타리雨月物語	
1775	긴킨센세이 에이가노유메金々先生栄花夢	
1775 *	샤레본洒落本, 기뵤시黄表紙의 유행	
	교라이쇼去来抄(1704)	
1776	산조시三冊了(1702)	
1777	요사 부손与謝蕪村	
1785	에도우마레 우와키노카바야키江戸生艶気樺焼	
1787	쓰겐소마가키通言総籬	

연도	주요 작품	역사적 사건
*	요코이 야유橫井也有	
	우즈라고로모鶉衣	
1790	게이세이가이시주핫테傾城買四十八手	간세이寬政의 개혁(1789)
1795	다마카쓰마玉勝間	
1796	겐지 모노가타리 다마노오구시源氏物語玉の小櫛	
1798	고지키덴古事記伝	
1802	도카이도추히자쿠리게東海道中膝栗毛	
*	곳케이본滑稽本의 유행	
1807	진세쓰유미하리즈키椿説弓張月	
1808	하루사메 모노가타리春雨物語	
1809	우키요부로浮世風呂	
1812	우키요도코浮世床	
1814	난소사토미핫켄덴南総里見八犬伝	
1819	오라가하루おらが春	
1820 *	닌조본人情本의 유행	
1825	도카이도요쓰야가이단東海道四谷怪談	
1829	니세무라사키이나카겐지修紫田舎源氏	
1832	슌쇼쿠우메고요미春色梅児誉美	
1840		아편전쟁
1841		덴포天保의 개혁
1853		페리 제독과 일본의 개항
1860	산닌키치사쿠루와노하쓰가이三人吉三郭初買	
1867		대정봉환, 에도 막부의 멸망

【참 고 문 헌】

＜일본고전문학 원문 텍스트＞

高木市之助, 久松潜一 外校注, 「日本古典全書」108巻, 朝日新聞社, 1946～1955.

高木市之助, 西尾実 外校注, 「日本古典文学大系」102巻, 岩波書店, 1958～1963.

秋山虔, 市古貞次 外校注, 「日本古典文学全集」51巻, 小学館, 1970～1976.

石田譲二, 清水好子 外校注, 「新潮日本古典文学集成」82巻, 新潮社, 1976～1986.

家永三郎 外校注, 「日本思想大系」67巻 岩波書店, 1980.

秋山虔, 小山弘志 外校注, 「完訳日本の古典」60巻 小学館, 1983～1988.

佐竹昭広, 大曾根章介 外校注, 「新日本古典文学大系」105巻, 岩波書店, 1996.

阿部秋生, 秋山虔 外校注, 「新編日本古典文学全集」88巻, 小学館, 1998.

玉上琢弥 外編, 「鑑賞日本古典文学」35巻, 角川書店, 1975.

大曾根章介 外編, 『研究資料日本古典文学』12巻, 明治書院, 1985.

＜일본고전문학의 흐름 참고문헌＞

芳賀矢一『国文学史十講』富山房, 1899.

風巻景次郎『日本文学史の構想』昭森社, 1932.

津田左右吉『文学に現はれたる国民思想の研究』全5巻, 岩波書店, 1951.

藤岡作太郎『国文学全史』全2巻, 平凡社, 1971.

久松潜一 編『国文学史』全6巻, 至文堂, 1971.

岡一男『概観日本文学史』建帛社, 1973.

市古貞次 編『日本文学全史』全6巻, 学灯社, 1978.

市古貞次『日本文学史概説』三訂版, 秀英出版, 1981.

加藤周一『日本文学序説』上, 下, 筑摩書房, 1980.

中西進 編『日本文学新史』全6巻, 至文堂, 1985.

古橋信孝 編『日本文芸史』全6巻, 河出書房新社, 1986.

日本文学協会『日本文学講座』全13巻, 大修館書店, 1987.

小西甚一『日本文芸史』全6巻, 講談社, 1992.

有精堂 編『時代別日本文学史事典』全6巻, 有精堂, 1995.

久保田淳 編『日本文学史』18巻, 岩波書店, 1996.

日本古典文学大辞典編集委員会『日本古典文学大辞典』岩波書店, 1985.

吉田精一『日本文学概説』有精堂, 1989

鈴木日出男『古代和歌史論』東京大学出版部, 1990.

時代別日本文学史事典編集委員会『時代別日本文学史事典』東京堂, 1997.

野山嘉正 外編『新訂国文学入門』일본 放送大学, 2004.

秋山虔 外編『原色シグマ 新日本文学史』文英堂, 2000.

犬養廉 外編『詳解日本文学史』桐原書店, 1987.

최재철『일본문학의 이해』민음사, 1995.

허영은『일본문학의 이해』대구대출판부, 1998.

김종덕 외『日本文学의 理解』(일본연구총서6), 시사일본어사, 2001.

김종덕 외『日本言語와 文学』(일본연구총서1) 제이앤씨, 2004.

최충희 외『일본시가문학사』태학사, 2004.

김종덕 외『21세기 일본문학연구』제이앤씨, 2005.

김종덕 외『일본문학 속의 여성』제이앤씨, 2006.

김종덕 외『일본고전문학의 흐름Ⅰ』한국방송대학출판부, 2006.

정순분『일본고전문학비평』제이앤씨, 2006.

【찾 아 보 기】

┃김종덕┃

한국외국어대학교 일본어대학 교수

1976년 한국외국어대학교 일본어과를 졸업하고, 1982년 일본 도쿄대학 대학원 일본문학연구 과정에 유학하여 석사학위와 박사학위 취득하였다. 현재 한국외국어대학교 일본어대학 교수, 부총장으로 재직 중. 일본 중고시대의 대표적인 작품인 『겐지 모노가타리源氏物語』를 중심으로 일본고전문학을 연구하고 있다. 기타 한국일어일문학회 회장(2009), 한일군사문화학회 회장(2015-16), KOREANA(한국국제교류재단) 편집장, bbb Korea 일본어위원장 등으로 활약하고 있다. 대표적인 연구로는 초역 『겐지 이야기』(지만지, 2017), 공저 『교착하는 고대交錯する古代』(勉誠社, 2004), 『일본고대문학과 동아시아日本古代文学と東アジア』(勉誠出版, 2004), 저서 『겐지 이야기의 전승과 작의』(제이앤씨, 2014), 『헤이안 시대의 연애와 생활』(제이앤씨, 2015), 공저 『동아시아 문학권東アジアの文学圏』(笠間書院, 2017) 외 다수의 논문이 있다.

일본고전문학의 흐름

2 쇄 발 행　2018년 08월 20일

저　　　자　김 종 덕
발 행 인　윤 석 현
발 행 처　제이앤씨
책 임 편 집　최인노 · 김선은
등 록 번 호　제7-220호

주　　　소　서울시 도봉구 우이천로 353 성주빌딩 3F
전　　　화　02) 992 / 3253
전　　　송　02) 991 / 1285
홈 페 이 지　http://www.jncbms.co.kr
전 자 우 편　jncbook@hanmail.net

ISBN 978-89-5668-981-4　　93830　　　　정가 11,000원

* 이 책의 내용을 사전 허가 없이 전재하거나 복제할 경우 법적인 제재를 받게 됨을 알려드립니다.
** 잘못된 책은 구입하신 서점이나 본사에서 교환해 드립니다.